KOISURUINU NO SHIGUSA ZUKAN

恋する犬のしぐさ図鑑

PRESENTED BY
SACHI UMINO × YOCO × DAISY

CONTENTS

STORY

戀愛狗狗的行為圖鑑

♥ ♥ ♥

寫好電子郵件之後，簡單看過一次內容就立刻按下送出鍵的人真的很勇敢。

膽小的直紀就做不到這種事。即使只是要傳送給朋友的訊息都要重看過三次才會送出，若是工作上的信件更要一再反覆讀上好幾次，確認是否有失禮儀，或是語意難以傳達的地方等等，甚至到了令人厭煩的程度。

一直凝視著電腦螢幕讓膠框眼鏡都滑到鼻頭的地方，只好用指尖往上推了一下。最後再確認一次負責專員的名字有沒有寫錯，以及有沒有忘記加上敬稱之後，才心一橫地按下送出鍵。

就算對方是已經往來多年的負責專員，這個瞬間總是會產生「不管了啦」這樣自暴自棄的心情。都出社會五年了，至今依然還沒習慣。

就在沉沉大嘆一口氣的時候，辦公室的電話響起，直紀的肩膀也不禁抖了一下。電子郵件就不用說了，電話更是難以應付。要是慌慌張張地接起來，通常都會漏聽對方的名字。

直紀為了讓自己冷靜下來，先做了一次深呼吸才朝著話筒伸出手。然而在他的指尖碰到話筒之前，一隻大手就從身後伸了過來接起電話。

「讓您久等了，藤峰電機您好。」

聽見頭上傳來的低沉嗓音，不禁驚訝地回頭看去。從直紀身邊伸手接起話筒的人是同期的重倉。一如他掛在脖子上的識別證「業務部 重倉宗則」所示，他隸屬於不同部門的業務部。

重倉在跟電話另一頭的人交談時，視線還一邊朝直紀瞥了過來。從留得有點長的瀏海間窺視一眼，就能看到他銳利的目光，讓直紀一時間垂下雙眼。

簡短講了幾句話之後，重倉為了按下保留鍵而稍微彎下身子。他的側臉原本在遠高於視線的地方，卻突然靠了過來，讓直紀下意識屏息。

「水野小姐，三線是工廠佐藤先生的來電。」

重倉這麼說的對象是坐在直紀斜前方座位的水野。剛好掛上其他電話的水野說著「謝謝」就接起保留中的電話。

直紀看著重倉緩緩站直身體的側臉，這才呼出憋著的氣。

就算直紀沒有坐在椅子上，重倉還是高挑到他得抬頭看才行。他恐怕是全公司最高的人，身高更是超過一百八。

大概是注意到直紀的視線，重倉也看了過來。他的眉毛很粗，雙眼細長，給人精悍的印象。被他面無表情地俯視時，能感受到一股莫名的魄力，讓直紀下意識地收回視線。

（這、這樣撇開視線是不是太露骨了啊？）

當直紀的內心感到焦急，視線也隨之游移的時候，重倉悄聲說：

「採購部感覺總是這麼忙。」

畏畏縮縮地抬起眼一看，只見重倉並非看著直紀，而是望著採購部的座位併在一起的整個區域。採購部包含直紀在內共有八人，但在那當中有一半的人不在座位上，其他三人則是電話中。

重倉的視線從空蕩蕩的座位收回看向直紀，他面無表情地這麼說：

「我這個別部門的人擅自接起電話好嗎？」

「……沒、沒關係，這也幫了我大忙……謝謝。」

直紀自然而然就越講越小聲。重倉眼部的輪廓很深，因此就算沒有特別露出怎樣的表情，還是會有陰影落在眼周，看起來感覺就很凶的樣子。體格也很高大，俯視人時的壓迫感非比尋常。

輸給這股沉重的壓力，不禁拖泥帶水地垂下視線後，重倉便朝直紀遞出一份Ａ４文件。直紀推高滑下來的眼鏡，接過上頭寫著「採購委託書」的資料。

「喔，這個……我拿去處理就好了嗎？」

「嗯，可以麻煩你嗎？」

儘管說著「嗯」並點了點頭，視線還是無法從文件上移開。一想到重倉就正站在自己身邊，光是如此就緊張到連聲音都不禁拔高。

「有寫錯什麼地方嗎？」

低沉的嗓音這麼一問，直紀的肩膀又不禁抖了一下。是不是被他發現了呢？直紀依然垂著頭，並再次點了一下。

「看、看起來是沒問題，這就交給我處理吧。」

「謝謝，麻煩你了。」

道謝之後，重倉就從直紀的座位旁邊離開了。悄悄目送他走回業務部座位區的寬闊背影，直紀才終於呼出憋著的氣。

「你還是一樣很怕重倉嗎？」

突然有人這麼一問，直紀便握緊了手中的文件。開口的人是才剛講完電話的水野。水野年約四十五歲，擦著穩重膚色唇膏的嘴唇，勾起一抹快活的笑容。

「真柴，你還是老樣子呢。只要重倉來找你說話，就會明顯露出一臉害怕的表情。」

「我、我也不是怕他……」

「但你不是都不會跟重倉對上眼嗎？」

才想著該如何回應時，不知不覺間講完電話的其他採購部同事們，也加入了這個話題。

「重倉的臉滿可怕的嘛，而且總是繃著一樣的表情。何況體格又那麼高大。」

「真柴，你跟重倉是同期對吧？看不出來呢。」

「明明同年，體格卻相差那麼多嗎？看起來就像是大型犬跟小型犬站在一起一樣呢。重倉先生是哈士奇，真柴先生則是豆柴犬。」

其他同事也都說著「我懂」並相互點了點頭。

體格高大又目光銳利的重倉，確實會讓人聯想到面貌凶狠的西伯利亞哈士奇。相對的，直紀體格瘦小，身高也不到一百七十公分。頭髮跟眼睛都是淺茶色，或許是那雙大眼的關係，常會有人認為他比實際年齡還要小。

見直紀一句反駁也說不出口的樣子，水野接著緩頰道：

「但我覺得重倉是個認真又踏實的人喔。」

「就是說啊，雖然長相很凶，但不會強人所難。」

採購部的同事們口徑一致地不斷說著「重倉不可怕啦」。直紀有氣無力地點著頭，一邊在內心暗忖著「我不是這個意思」。

（我也不是因為害怕才不敢跟他對上眼……不，有段時間確實是滿怕他的啦……）

沒辦法將真相說出口，直紀只能緊咬著嘴唇。

（我是因為喜歡他，才沒辦法跟他對上眼啊……！）

這種事情對誰都說不出口。怎麼可能說得出口。

直紀從很久以前，就一直暗戀著在同一間公司上班的重倉了。

直紀任職於一間數位控制裝置的開發製造公司。主要販售觸控螢幕、附設鏡頭的繳費機、卡片取票機，以及情報終端機等商品。公司內部的技術部門會進行印刷電路板的設計，並在工廠製造。機殼大多是向外部訂購。所有商品都是特製生產。

總公司位在東京都內某棟大樓裡，租借了一整層，並設有採購部、業務部、技術部、財會部這幾個部門。進行製造的工廠則是遠在從東京搭新幹線車程約需三小時的地方。

新進人員參加的典禮結束過後被分發到採購部的直紀，第一次跟被分發到業務部的重倉在工作上有所接觸，是在進公司半年多的時候。

那一年，長久以來指揮著採購部的資深員工離職，還是新人的直紀就被一口氣分配了許多新工作。還不習慣的業務內容，再加上更接手了部分資深員工的工作，讓直紀連續好幾天都必須拚命處理工作。

某天，直紀在這樣的狀態下接到一通工廠撥來，氣勢洶洶的電話。對方表示進貨的零件跟原本使用的東西有所差異。

確認訂購履歷之後，發現下訂者就是直紀。雪上加霜的是，該零件偏偏又是需要好幾週才能進貨的長交期物料，這讓直紀頓時臉色發白。

經過公司內部調查的結果，得知直紀之所以會在訂購上發生失誤，是因為那位已經離職的資深員工在交接時有所疏漏的關係。上次訂購的時候，忘記告知直紀部分規格有更動的樣子。由於有著這層原委，採購部的同事並沒有嚴苛地責備直紀，甚至可說是對他抱持同情。

就在這時，頂著一張嚇人的臉來到直紀座位的便是重倉。

負責該製品業務的重倉，一得知發生訂購失誤之後，就過來追問直紀「零件什麼時候會到貨」。當直紀回答兩星期後，他只留下一句「去縮短交期」便離開了。而且到了隔天，甚至是再隔天，重倉都會來到直紀身邊煩人地詢問「今天會到貨嗎」。

重倉本來就是個體格高大又眼神銳利的人。自從在新人歡迎會上遠遠看到他的時候就覺得很可怕了，當時的直紀真的很害怕每天早上都頂著一張臭臉來到座位詢問的重倉。

到了發現訂購失誤之後的第三天早上，重倉跟前兩天一樣前來詢問「今天會到貨嗎」時，直紀小聲地答道：

「呃，在得知訂購失誤之後我立刻就訂購了正規零件，但對方負責的專員說交期最短也需要兩個星期的時間……」

「兩個星期就來不及了。你在那之後還有聯絡那個專員嗎？」

他的解釋被直截了當地打斷，默默地搖頭回應之後，立刻被說「去撥電話」。

「每天撥都沒關係。去聯絡那個專員，就算只有一天也好，拜託對方盡量縮短交期。」

這個瞬間，浮現在直紀心中的想法就是一句「辦不到」。

之前已經是跟專員說「請趕在最短交期內完成」。在這個前提下，得到的是兩星期後到貨的回答。就算每天都撥電話催促交期也不會縮短，更會造成專員的困擾吧。直紀也很不想一直煩人地撥電話，詢問這種自己也知道會得到什麼回答的問題。

直紀的個性本來就比較消極，也不太會強勢主張自己的要求，因此這讓他傷透腦筋，只能形式上點點頭作為回應。

在重倉面前，他姑且撥了通電話給進貨廠商的專員進行確認，卻只得到『交期沒有更動呢』這樣冷漠的回應。直紀也只能軟弱地回答「也是呢……」並放下話筒，再也拿不出隔天繼續因為同一件事而撥出電話的勇氣。

直紀也還有其他工作要處理，不可能一直拘泥於重倉負責的那項製品。反正短短兩個星期，像這樣忙東忙西的時候，很快就會過去了。然而這樣的想法以某件事情為契機而產生了一大轉變。

直紀那天趁著工作空檔想倒杯咖啡，便前往茶水間。途中，他因為聽見一道低沉壓抑的話聲而不禁停下腳步。雖然音量不大，但帶著怒意的語氣讓他嚇了一跳，不知不覺間就躡腳靠近。聲音是從茶水間的另一頭，也就是電梯口那裡傳過來。

「工廠那邊還是停工的狀態嗎？再這樣拖下去，真的會趕不上交期喔。」

就算沒看到臉，聽聲音立刻就能知道對方是業務部的部長。對此做出簡短應答的人，似乎就是重倉。

那個時候業務部有好幾件新案子在處理，可說是忙得不可開交。所有業務部的同事都是繃緊神經在做事，或許是因為這樣，部長說的話也變得比較嚴厲。

「這次交給你的可是定期商品。這種東西不可能有辦法延後交貨吧。何況只要事先跟技術部確認一下，應該就能防範這次的失誤才是。」

「是的，對不起。」

「你有聯絡客戶了吧？對方怎麼說？」

「對方表示不容許延後交貨。」

「我想也是。你自己好好想想要怎麼彌補自己的疏失吧。」

語氣嚴厲地說完，部長就進到電梯裡了。

電梯運轉的聲音就像是低沉的嘆息一般響徹這一帶。

直紀完全停下腳步，呆站在走廊的角落動彈不得。畢竟是跟自己有關的案件，他覺得簡直像是罵到了自己頭上一般鐵青著臉。

在他還無法立刻採取行動的時候，重倉就已經自電梯口走過來了。

重倉發現一臉蒼白地呆站在原地的直紀之後便停下腳步。畢竟剛被主管那樣講，心情應該還滿低落的才是，沒想到低頭看著直紀的臉上跟平常一樣面無表情。

儘管為此感到鬆一口氣，直紀立刻換了個想法。重倉的表情平常就沒什麼起伏。但或許只是看不出來，其實內心感到很消沉呢？

（就是說啊，明明不是自己的責任，卻被罵成那樣……）

部長說，只要跟技術部確認一下就能防範這次的失誤。確實是這樣沒錯。但要進行那番確認的人不是重倉，而是採購部的直紀該做的事情。現在工廠停工也不是重倉的錯。全都是鑄下訂購失誤的直紀所導致。

「……重倉，抱歉。都是我害的……」

低頭喃喃說著的聲音不禁發顫。好像部長罵人的聲音還縈繞在耳朵深處似的，遲遲擺脫不了動搖。

重倉在短暫的沉默之後，就走進茶水間，並朝直紀招了招手。等直紀畏畏縮縮地走進去，他開始用咖啡機沖起咖啡。

看著咖啡漸漸注入紙杯，重倉用低沉的聲音說：

「真柴，你不用覺得這次的事情是你的責任。但我希望你能承受一些壓力就是了。」

重倉的聲音既低沉又平板。一開始會以為他是不是在生氣，但他平常應該就是這樣講話吧。重倉的視線依然看向紙杯，並語氣淡然地繼續說下去：

「接觸業務的工作之後我才知道，那些麻煩的客人，或者囉嗦的客人的要求其實比較容易被接受。通常會因為對方很煩人乾脆就先做起來，於是這種客人的優先順序自然就會提高。相對的，乖巧的客人反而會被晾在一旁。雖然沒什麼道理，但就是這樣。」

拿起裝了咖啡的紙杯之後，重倉轉身將整杯咖啡交到直紀手上。

「所以真柴，你也成為麻煩的客人吧。抱著被對方討厭的覺悟去談妥這件事。」

被這樣率直地注視著，讓他不禁用雙手接過紙杯。

重倉再倒了一杯咖啡之後，說著「那我走了」便離開茶水間。回過神來的直紀向他道謝之後，儘管有舉起單手作為回應，但他的背影看起來還是相當疲憊的樣子。

狹小的茶水間裡，充斥著咖啡的香氣。

不斷在內心反芻著「壓力」這個詞，直紀獨自一人無力地垂著頭。

當自己在座位上處理著其他工作的時候，工廠都在調整排程，翹首盼望著零件的到來，客戶也是感到滿心焦躁。為了安撫對方的情緒，業務部也要四處奔波，負責的業務專員重倉更被部長罵了一頓。

自己究竟有沒有好好理解那種緊繃的壓力呢？

採購部的同事人都很好，因為自己還是新人，也因為問題在於交接的疏漏，誰都沒有責怪直紀。但也因此讓直紀搞不清楚全局的狀況。

這麼一想，直紀不禁對自己至今擺出的態度感到極為愧疚。

無論是工廠還是業務部，尤其身為業務專員的重倉都這麼拚命地採取行動，反觀自己究竟都做了些什麼？只不過是自以為好像有所為而已吧。

直紀當場喝了一大口咖啡。他平常都會加牛奶跟砂糖，因此格外覺得這杯黑咖啡既苦澀又燙口。但這讓他覺得整個人都清醒過來似的，大步走回辦公室。

將重倉替自己倒的咖啡放到桌上，做了一次深呼吸之後，直紀便朝話筒伸出手。這通電話當然是要撥給重新訂購零件的那間公司。

專員接起電話之後，直紀用至今不曾有過的強勢語氣問道：

「我想請您確認一下前幾天訂購的零件交期。」

『啊，您說那個是嗎？交期目前還是沒有更動喔。』

「真的嗎？請問可以直接向製造商確認一下嗎？」

緊張的情緒讓說話的語尾顯得有些發顫。換作平常，這時就會一邊說著「也是呢」並揚起軟弱的笑容放下話筒。

那位專員可能也因為直紀不同於平常的反應感到吃驚，只能說著『這個嘛……』而不禁語塞。

『我們還沒向製造商確認過這件事就是了……』

「那麼，可以請您確認一下嗎？我們真的很急，明天就一定要用到。能不能麻煩想個辦法呢？」

『再怎麼說，我覺得明天應該很困難……總之先確認看看。』

「麻煩您了，我們的狀況真的很急迫。傍晚的時候我會再主動撥電話向您確認。」

『不，等確認到狀況之後我會主動跟您聯絡……』

「沒關係，我大概會在傍晚五點的時候再次撥電話給您。」

要是盲信對方「我會主動跟您聯絡」這樣的話，就會等上個兩三天。之前以為這就是常態並乖乖等下去，現在可不能這麼悠哉了。竟然在看到不由分說被臭罵一頓的重倉後才總算察覺，真是遲鈍到該感到羞愧的程度。

在那通電話過後，直紀一如先前所說，到了傍晚再次撥電話給那位專員。對方感覺很傷腦筋地說『現在還沒確認到耶……』，直紀便說「那我明天早上一來就再與您聯絡」，而且隔天還真的一到上班時間就撥了電話。

漸漸地，他也發現那位專員開始感到為難。即使如此，直紀還是繼續撥電話跟對方確認並希望可以縮短交期。一想到對方可能會一臉厭惡的樣子就覺得有點害怕，但每當這種時候他就會回想起重倉說過「做好被對方討厭的覺悟」這句話。

這筆訂單本來就是強人所難。明知是這樣的狀況，他依然去拜託那位專員，向對方苦苦哀求，更不斷撥電話的結果，就是一開始說要花上兩星期的交期縮短到一星期，就連直紀自己也嚇了一跳。

接到那位專員的聯絡表示『原本是預留著要寄送給其他公司的份，於是想辦法請對方通融了一下。現在東西都在我們這邊，寄送方面就指定明天送達貴公司的工廠可以嗎？』的時候，直紀驚訝到都要跳起來了。先暫時保留電話並連忙向重倉報告這件事之後，他立刻回答「我這就去拿貨」。

「就算今天寄，東西也要明天才會送達工廠。既然如此還不如由我去拿，並直接搭新幹線送去工廠。這樣傍晚應該就能送到了。」

「好、好的。那我跟對方說立刻就去拿。」

正想接起保留中的電話時，重倉從身後抓住他的肩膀，使勁拉了過去。一轉過頭，彎下身子的重倉的臉就近在咫尺。

「謝謝，你幫了我大忙。」

這麼說著，重倉淺淺地笑了。他的表情一直以來明明幾乎沒有什麼變化。但他眼角微彎的神情比想像中還更溫柔，讓直紀頓時語塞。

當目光被那抹笑容奪走時，重倉已經一個轉身衝出辦公室了。然而，就算重倉離開之後，直紀一時半刻還是愣在原地動彈不得。

那一天，就這麼唯一一次投來的淺淺笑容，讓直紀至今都難以忘懷。

直紀住的公寓位在從公司搭電車約三十分鐘的地方。車站前有間二十四小時營業的超市，他每天都會在那裡買個便當回家。

手上拎著購物袋走出超市之後，到了春天尾聲的暖風吹撫過髮絲。四月也快結束，路樹的櫻花都已經凋落，長出了綠葉來。

氣溫不會再變冷，漫長的冬天也宣告終結的現在，是直紀最喜歡的時節。他吸進一大口潮溼的土地氣味，一邊走向公寓。

途中，他走進一條格外昏暗的道路，腳步也慢了下來。住宅區突然中斷的這條路上，左手邊有一座大型計時停車場，右手邊則有一間神社。

直紀停下腳步並看向神社。在長長參道的另一端隱約可以看見神殿，但神社境內沒有照明因此看不太清楚。神社後方是一片茂密的雜木林，連路燈的亮光都能吞噬的黑暗就蟠踞在那裡。

（這麼說來，最近都沒來參拜呢。）

注視著昏暗的參道，直紀信步踏入了神社境內。

樹葉颯颯的聲音在昏暗的境內不絕於耳。從雜草在參道兩旁肆意蔓延的情況看來，這裡恐怕是荒廢的神社吧。入口處雖然擺著刻有神社名稱的石碑，但在風吹雨淋之下，上頭的文字幾乎看不出來了。必須定睛注視才頂多可以勉強看出「古浦神社」這幾個字。洗手處的水已經乾涸，神社也腐朽到迴廊都破了一個洞。

直紀是在為了就職離家後，因為不習慣一個人住而感到消沉時，發現了這座神社。某個星期日的午後，他沒有明確目的地就在家附近到處亂晃，於是來到這裡。在那之後，只要一時興起他就會走到這個地方。

直紀走經參道，在甚至沒有擺放香油箱的神社前雙手合十。

平常總是只有形式上拜一下就結束，但今天可不一樣。

（希望在面對重倉時也能保持平常心、保持平常心、保持平常心、保持平常心！）

像在對流星許願般，在內心默念三次之後，直紀維持雙手合十的動作，深深低頭行禮。

就算這樣祈求神明也不可能馬上會出現解決辦法，但他必須盡快改善自己對重倉的態度才行。會這樣想，也是因為今天採購部的同事看直紀都不敢跟重倉對上眼的樣子，就紛紛這麼說：

『這麼說來，之前有討論到不如調派一名業務部的人去工廠不是嗎？如果確定了，乾脆推薦重倉去好了？』

『也是呢。不然要是重倉在旁邊，我們家的真柴就會害怕嘛。』

採購部的同事們說完都笑了起來，但直紀卻笑不出來。

當然，這些都只是隨口說說的玩笑話。要調派業務部的人去工廠這件事本身都還沒有經過正式討論。不過是未來可能有這樣的計畫而已。

即使如此，直紀還是感到啞然失色。因為自己不自然的行為舉止，或許會導致重倉被調到工廠去。也是為了重倉，絕對要避免這樣的事態才行。直紀自己更是不願就此見不到重倉。

不要只是在這裡祈求，明天開始就要努力改變自己的行動。內心懷抱著不知道自己有沒有辦法做到的不安，直紀折回走在參道上，卻在走經乾涸洗手處旁時停下腳步。堆積幾片枯葉的洗手處旁邊，設置了一尊狛犬[1]的石像。

直紀走向擺在低底座上的狛犬石像之後，為了跟它對上視線當場蹲了下來。原本消沉的表情稍微放鬆了一些，瞇細眼說「好久不見」。

直紀之所以會時不時來這間杳無人煙的荒廢神社，最大的理由就是這尊狛犬。

1　一種形似獅子和犬的日本幻想生物。

一般來說聽到狛犬，或許都會聯想到露出獠牙，一副像在沉吟般表情的可怕模樣，但這間神社的狛犬別說是獠牙，就連尖角也沒有，而且雙眼還圓滾滾的，一臉可愛的面容。那模樣惹人憐愛到會想是不是接下神社訂單的石雕師傅誤會了什麼，才做成其他東西的程度。圓潤的臉頰感覺好像很柔軟，尾巴更是蜷成一圈。

神社裡的狛犬石像只有這一尊而已。一般來說，阿吽像應該都是兩尊一對，但這裡不知道是打從一開始就只有一尊，還是另一尊石像不見了。

會覺得像這樣被留在廢棄神社裡的狛犬看起來格外可憐，或許是因為當時直紀才剛搬離老家展開獨居生活，自己感到寂寞的關係。

（不過這尊石像與其說是狛犬，感覺更像柴犬耶……）

在內心暗忖著之前就曾這麼想過的事情，直紀便回想起被採購部同事說自己跟柴犬很像一事。正確來說，他們講的是豆柴犬就是了。柴犬就算了，還特別說是豆柴犬，感覺就像被暗指是個矮子一樣，令人難以釋懷。

（不過說重倉像西伯利亞哈士奇倒是可以理解。）

而且不是有著圓滾滾黑色眼睛的那種，而是藍色眼睛的類型。雖然精悍，但看起來也有點可怕。完全跟當初對重倉抱持的第一印象一模一樣。

當然，那不過是給人的印象，事實上並非如此。重倉雖然話不多，但說出口的話都合乎情理。他用一臉凶狠的模樣再加上重低音的嗓音向他人拜託事情時，感覺會有點像被威脅一樣，卻從來不會將一些沒道理的要求強押於人。

看起來好像態度冷淡，感覺對周遭的事都漠不關心，不過他其實很照顧人。常會看到他在指導業務部後進處理工作上的事情。直紀自己也是，多虧了重倉，才得以改變面對工作的態度。

（要是沒有重倉對我說「做好被對方討厭的覺悟」這句話，我應該還要花上更多時間，才有辦法跟廠商交涉價碼或是調整交期吧。）

一回想起重倉倒的那杯咖啡，還有他說著「謝謝」時的笑容，直紀的臉頰就漸漸熱了起來。

（今天……他也替我接了電話。）

進公司之後過了五年的時間，對於撥電話這件事再怎麼說也沒有那麼痛苦了，然而要接起外線電話時，還是會有點緊張。想到重倉像是看透自己內心想法般代為接起電話的舉動，直紀就不禁勾起笑容。心裡想著重倉拿起話筒的大掌，感覺差點就會發出奇怪的聲音。

（好帥喔……但要是真的這麼說，一定會被討厭吧。）

一改開心的表情，直紀一臉陰沉地垂頭喪氣。

那次訂購失誤的事情告一段落之後，直紀立刻就察覺自己對重倉抱持的戀慕之情。之前都還覺得重倉是個難以靠近的同期，不知不覺間變得很在意，目光也都追著他跑。

一開始對他感到害怕的心情也難以抹滅，因此一旦跟他對上眼，時不時還是會忍不住撇開視線。然而自從知道重倉的為人，跟他對上眼的瞬間，直紀開始認為自己的心跳為之騷動不已的原因不只是感到害怕而已，漸漸地，就算沒跟他對上視線，光是注視著重倉那端正的側臉，心跳就會跟著飛快起來，直紀這才發現自己是喜歡上他了。

自從懂事以來，比起異性，直紀更容易受到同性吸引，學生時代就已經察覺自己是同性戀了。初戀是在國中的時候。對方也是同性。然而他不敢向身旁的人坦言自己的性向，第一次的戀愛情愫就這麼悄悄地散去。

直紀的戀愛總是在不為人知的時候萌芽，結束時也不會有任何人發現。但這樣就好了。雖說社會對於同性戀的理解越來越廣泛，對於少數派的人投以異樣眼光依然是世間的習氣。與其被喜歡的人冷眼以對，將這種戀愛情愫藏進心底多深沉的地方都不是問題。

這次直紀依然打算將對重倉的心意深埋心底，但可能是遮掩的方式太過露骨，公司同事都以為直紀很怕重倉。畢竟只要重倉來到身旁就沒辦法跟他對上眼，會被其他人誤會也是無可厚非。

直紀沒辦法好好直視重倉的臉有兩個原因。

一個是直紀害怕自己的表情或目光流露出對重倉的情意，以至於使他本人察覺。另一個則是因為那次訂購失誤的事情，而對重倉感到內疚的關係。一回想起重倉被業務部部長斥責的身影，明明不是自己被那樣怒吼，直紀卻至今還會覺得胃在隱隱作痛。

不知道重倉是怎麼看待當時那件事的呢？會不會因為徒增了更多工作，而至今都還懷恨在心？重倉總是面無表情，因此很難看穿他內心的想法。直紀一旦想像他說不定其實瞧不起自己，就更沒辦法回視重倉的臉。

（但不能再這樣下去了。要是繼續被身邊的人誤會，重倉說不定真的會被調派去工廠。）

為了阻止這件事情發生，至少要跟他成為可以推心置腹的同事才行。

就在直紀一臉鑽牛角尖的表情盯著指尖時，忽然感受到一股視線。他一抬起頭來，便看到眼睛圓滾滾的狛犬石像正看著自己。

直紀雙手合十，懷著慌不擇路的心情朝著狛犬低頭祈求。

（拜託拜託，希望可以讓我在重倉面前保持平常心。希望在他來找我講話時也不要感到害怕。希望跟他的關係可以變得更好。為此請讓重倉內心的想法表現得更好懂一點吧，拜託您了！）

如果重倉是會將喜怒哀樂表現在臉上的類型，多少應該可以更容易向他搭話才是。然而現狀就是無論什麼時候看到重倉，都覺得他好像心情很不好又面無表情，因此難以對他開口。直紀心想「拜託了，這也是為了重倉」並乘著像要把頭塞進地面似的氣勢不斷祈禱。就在這時……

『——好啊。就讓吾來實現你的願望。』

環繞神社的樹木紛紛像是扭轉起枝幹似的颯颯搖晃，一根根樹枝也紛紛從頭上落下。

直紀愣愣地抬起臉來。總覺得剛才好像有人講話的聲音，夾雜在林木發出的聲響之中。

儘管環視四周，昏暗的神社境內除了直紀不見其他人影。是不是錯覺呢？就在他緩緩放下在眼前合十的雙手，正打算站起身的時候，突然有某個東西從狛犬石像後方衝了出來。

「哇啊！」

身子因為突然往後仰而失去平衡，直紀當場一屁股跌坐在地。因為彈開的動作導致眼鏡滑掉讓視線變得不清楚。一片昏暗之中，隱約看見有個白色的東西浮現出來，使直紀連忙推了一下眼鏡，定睛細看。出現在狛犬後方的是個圓圓的白色物體，而且毛茸茸的——

「……狗？」

是一隻豎起直挺挺的厚實耳朵，不斷甩著蜷繞成圓圓一團尾巴的白色小狗。而且看起來還跟眼前的狛犬一模一樣。

是不是柴犬啊？直紀看著那尚能被稱作小狗的圓滾滾身軀，不禁露出滿面笑容。

「好厲害，跟這尊狛犬一模一樣耶！臉頰還膨膨的，好可愛喔。」

白狗的鼻尖靠近直紀膝蓋不斷聞著他的氣味。是不是一隻很親近人類，有人養的狗呢？然而牠卻沒有戴著項圈。

聞過直紀氣味的狗抬起臉來。腮幫子鼓鼓的臉很惹人憐愛。當直紀一臉莞爾地笑彎眼時，白色小狗張開了嘴。

「你啊，想知道心上人在想什麼對吧？」

感覺稍微留有一點稚氣的聲音響徹境內，讓直紀不禁睜大了雙眼。儘管立刻就張望著環顧四周，這個地方依然只有他一個人。會不會是幻聽？然而那句話聽起來又格外鮮明。

當他轉過頭看向前方，眼前依然有著一隻白狗的身影，更像在模仿直紀動作似的稍微歪過頭。就在他又因為那可愛的模樣不禁莞爾時，那道聲音再次響起。

「怎麼，為何不做回應？你想知道心上人在想什麼對吧？」

直紀一愣，不禁全身僵硬。因為他發現那道像小孩子的聲音，就是出自眼前這隻柴犬。

一旦屏氣凝神注視那隻狗，牠也緊緊回望著直紀，並很乖巧地坐在原地。

直紀依然跌坐在地面，他慌慌張張地看向四周。

（這……這是怎樣？是電視節目整人企畫之類的嗎……？）

然而四周不見看起來像攝影師的人。狗的身體好像也沒配戴麥克風那類的東西，這究竟是用了怎樣的詭計？

「既然你不回話，吾就繼續說下去囉？」

狗的嘴巴動了動，配合那動作便傳出話聲。

直紀的雙眼睜大到眼珠子都快掉出來似的，用沙啞的聲音答了一句「好的」。

他無法給出其他回答。狗不可能會說人話，然而這件事實就正發生在眼前。他不

知道該從哪件事情開始否定才好。

狗像是要說「唔嗯」一般點了點頭，用宏亮的聲音做出宣言：

「吾乃神之守護獸，狛犬。平常在身為吾之主人的那位神祇居住地的庭園生活，但基於各種原因，吾便下凡到人間。」

自稱狛犬的生物用著跟那孩子般的聲音一點也不協調的誇大口氣這麼說之後，又說「但是啊」並皺起鼻頭。

「發生了一點傷腦筋的事情。」

「請、請問是什麼事呢……」

陷入極度混亂的直紀不禁反問。當腦海一隅浮現「不要認真跟祂對話，直接逃走不是比較好嗎」的想法時，早就為時已晚了。

狛犬露出一點也不像狗的沉思表情，悄聲說道：

「回不去。」

鼻尖朝著地面，擺出好像會用鼻子發出撒嬌般「嗚嗚」聲的姿勢，狛犬這麼說。那引人勾起保護欲的姿勢，讓直紀都忘了對方是會說人話的狗，不禁挺身而出。

「祢、祢說回不去是指……那個神明居住地的庭園嗎……？」

「沒錯。吾找不到那座庭園的入口。」

根據狛犬的說法，散落在人世間的神社好像都有著連通神明居住的異界與現世，像是門的東西。關於來到人類世界的理由，狛犬講得含糊不清，但看樣子應該是趁身為飼主的神明不注意時跑來玩吧。然而隨便選了一道門卻是連通到這樣老朽的荒廢神社，害得祂找不到可以回去的路。

「太陽西沉之前，吾在這附近徘徊閒晃了好一陣子，然而這座神社卻連一個前來參拜的信徒都沒有出現。才在想該怎麼辦的時候發現你前來，所以就向你搭話了。」

「喔……這樣啊。」

直紀依然坐在地上，用有氣無力的聲音做出回應。雖然這件事很不真實，但也沒有可以加以否定的情報。儘管到現在都還沒捨棄搞不好會有電視臺的採訪人員架著攝影機喊著「這是整人節目！」自樹叢衝出來的希望，到目前為止完全沒有這樣的跡象。

「總之，有個會像這樣把吾當神祭祀，並雙手合十之人真是太好了。吾會幫你實現願望，你就去尋找讓吾回到原本世界的方法吧。」

「喔……呃，咦？」

差點就要做出跟剛才一樣的反應，直紀不禁睜大雙眼。

「你、祢說回到原本世界的方法……是要我來找嗎？」

「吾都實現你的願望了。接下來就輪到你回報吾的奇蹟了吧。」

「我、我的願望是指……？」

「哎，理解力真差呀。你才剛對著吾祈求而已吧。希望可以知道喜歡的男人在想什麼不是嗎？」

「這種事我明明沒有說出口，祢為什麼會知道……」

狛犬用鼻子冷哼一聲，得意洋洋地挺起胸膛。

「你可別小看身為神明眷屬的吾所具備的神通力啊。」

直紀咕嚕地嚥下一口口水。別說是電視節目的企畫，現在說不定發生了超越人類智慧可以理解的事態。隱約理解到這件事之後，總覺得開始感到有些害怕。

「呃，但就算祢這麼說，我也完全不知道要怎麼做才能幫助祢回到原本的世界，因此我也沒辦法馬上就有所作為……」

「那還用說。吾沒有對人類抱持這麼大的期望。總之，今天就先帶吾到你的睡處去吧。吾也累了。」

「我、我住的公寓禁止養寵物耶……」

狛犬聞言瞇細了雙眼，喉嚨深處更發出低吟。

「不准拿吾跟那種隨處可見的玩賞動物相比。」

「不、不好意思。」

「明白就好。喏，還不快點帶吾過去。」

看著坐在原地一動也不動的狛犬，直紀這才總算發現是要自己去抱祂。既然貴為神的眷屬，是不是就不用自己的腳走路了？誠惶誠恐地將祂抱起來之後，手指就埋進柔軟的毛之中。觸感可說是相當舒服。

從來沒有養過寵物的直紀，小心翼翼抱著狛犬站起身來。由於是小狗尺寸，並不會很重。狛犬也是一臉感到滿意的樣子。

一邊走向公寓，直紀向狛犬問道：

「對了，請問……我該怎麼稱呼祢呢？」

「嗯？你說吾嗎？」

即使走出神社，還是可以聽見狛犬講話的聲音。就在這個瞬間，神社境內角落其實藏著擴音器的可能性徹底粉碎消失了。

「吾之名啊……但總不能將主子大人賜予的神聖名字隨便告訴區區一個人類吧……」

狛犬沉思一段時間之後，「唔嗯」地點了點頭。

「吾名乃小粽。」

「……小粽是取自用竹葉包糯米的那個嗎？」

「沒錯。之前主子大人曾賜予吾品嘗，那實在是相當美味啊。正是夠格當作吾之名的食物。」

竟然用喜歡的食物來當作自己的名字啊。直紀無法理解怎麼會有這樣的想法，但對方可是神的眷屬。既然明知祂會不開心，那也沒必要踩雷，直紀只說了「確實是個好名字」作為回應。

「那你的名字呢？」

「我叫真柴直紀。」

「直紀啊，好，吾知道了。那麼直紀，在吾回到主子大人身邊之前，生活起居就交給你照顧囉。」

儘管不記得有答應過要照顧祂的生活起居，但直紀也沒有反駁這點，說著「好的」就點了點頭。看小粽在自己懷裡一臉滿足瞇細雙眼的表情，以及心情很好不斷左右搖擺的尾巴，直紀也說不出拒絕的話。

（……可愛就是正義呢。）

如果小粽有著像杜賓犬一樣的外表，自己想必會沒有任何遲疑拒絕祂吧。直紀一邊這麼想，抱著小粽踏上歸途。

直紀小時候的夢想就是養狗。但老家是公寓禁止飼養寵物，於是就在夢想一直沒有實現的狀況下長大成人了。

所以說真的，帶著小粽回家的時候，心中確實多少有些雀躍。

小粽好像沒有肚子餓這種概念，就算直紀想拿在超市買的便當給祂吃，依然也沒有就口。相對的，祂命令般說「供上來吧」，直紀也只好照做，將便當擺到小粽面前再雙手合十之後，祂便微瞇著眼說「還滿美味的嘛」。只要將食物放在祂面前並雙手合十，就算沒有直接吃到食物，祂好像也能享受食物的滋味。

由於小粽不吃東西，因此也不會排泄，更不需要訓練祂上廁所。再加上可以透過人話溝通，因此大多事情只要說一次就能理解。也不會沒事亂吠，可說是最理想的家犬。

但也因為實在太過理想，讓直紀一度以為會不會是從小內心懷抱著「想養狗」的欲求具體化的一場夢。

直紀想著如果真是如此就要好好享受一下這個狀況，於是將不怕水的小粽帶去沖澡，也盡情享受了看電視時還有一隻狗陪伴的生活，然而隔天早上醒來之後卻不禁抱頭苦思。

（……這不是夢。）

在清醒瞬間衝進視野當中的畫面，是占據直紀半個枕頭，抽動著鼻子呼呼大睡的小粽的身影。

儘管一大早就陷入混亂，該出門上班的時間還是一分一秒逼近。直紀對著還一臉很想睡的小粽說完「不要跑去外面，也不可以亂咬電線喔」，就慌亂地出門了。

在距離公司最近的車站下了電車之後，直紀還一臉像在作夢般的樣子前往公司。他到現在還是無法理解有神的眷屬待在自己家裡的這個事實。

在走廊跟擦身而過的同事互相道早安之後，踏進辦公室走向自己座位的直紀，眼角餘光無意間瞥見某個讓他覺得不自然的東西停下了腳步。然而環視辦公室內一圈也找不出原因，他就一邊四處張望，並在自己的座位就坐。

桌子上擺著昨天重倉拿來的採購申請文件。雖然早就處理好了，但重倉昨天傍晚因為外務不在公司無法拿給他。拿起昨天怕忘記而放在醒目地方的資料，直紀看向重倉的座位。

下個瞬間，直紀不禁一個鬆手，原本拿在手中的文件也掉了下來。

重倉早就坐在自己的座位上，電腦也開機了。他板著一張臉緊盯著螢幕，但頭上好像長出了什麼東西。看見那個，直紀總算發現剛踏入辦公室時，那股不自然感覺的真面目了。就是那個。

重倉頭上長出厚實又毛茸茸的，就跟長在小粽頭上一樣的狗耳朵。

「咿……！」

直紀不禁發出細聲的哀號。因為耳朵跟頭髮一樣是黑色的，所以第一時間沒有發現。可是一旦發現了，最後就會由於太不自然，而再也無法忽視那個東西。畢竟這可是一個身穿筆挺西裝，還板著一張臉瞪著電腦的高大男人，頭上竟戴著奇幻的獸耳。

直紀錯愕地注視重倉，內心不禁想他到底是怎麼了？是想社會性自殺嗎？

才在想業務部的人一定感到困惑不已，不知為何大家卻都若無其事地在工作。沒有任何人注目重倉的狗耳朵。

是裝作視而不見嗎？還是認為多一事不如少一事？那不就變成重倉自己大冷場，應該會覺得很坐立難安吧，就在這時重倉站起身來。他背對著直紀走向印表機，看著那道背影，直紀自己也不禁半站起身。

（竟……竟然還穿戴了尾巴！）

在重倉腰際毛茸茸地晃著的，是根一如狗耳朵的黑色尾巴。而且還很長。大概垂到膝蓋後方的尾巴，配合著重倉走路的腳步左右搖晃。

直紀雙手撐在桌子上，維持半抬起腰的姿勢注視著重倉的尾巴。

那做工看起來不是普通變裝道具之類會有的品質。毛的質感不比真正的野獸尾巴遜色。即使如此尾巴露出來的地方實在很奇怪。如果尾巴是從西裝褲的腰部垂下來還能理解，重倉的尾巴看起來就像是從尾椎骨那附近跑出來的。也就是說，要不是直接縫在西裝褲布料上，就是……

（——難道是直接在西裝褲上開了一個洞嗎！）

直紀這次真的完全站起身來。要是做到這種程度，已經無法說是玩笑話就能帶過吧。

正當直紀因為平常完全不會說些玩笑話的重倉這番性格大變的舉動而啞口無言時，業務部部長前去向站在影印機前的重倉搭話。那個部長在當初直紀發生訂購失誤時，曾嚴厲斥責過重倉。就算其他同事默認，部長應該也無法對穿戴狗耳朵及尾巴的部下視若無睹。直紀屏氣凝神想著又要目擊重倉被斥責的光景，然而部長卻只是一臉溫和地輕拍重倉的肩膀。

「重倉，明天業務會議要用的資料準備得怎麼樣了？有辦法蒐集齊全嗎？」

轉過身的重倉像是完全不在乎自己的耳朵及尾巴似的，一本正經地回答「幾乎都準備好了」。

「這樣啊，謝謝。自從由你來統整資料後就都不會有疏漏，幫了很大的忙啊。之後也交給你囉。」

這麼說著，部長完全沒有提及重倉的耳朵跟尾巴的事，就這麼離開了。

直紀沒想到部長竟然沒有斥責而不禁睜大雙眼，但當他將視線拉回重倉身上時，更是顯得目瞪口呆。因為重倉的尾巴，這時大幅度地搖晃了起來。

（那、那個竟然會動！是電動式的嗎！）

重倉本人面無表情地繼續影印資料，但他的尾巴卻左右搖晃著。簡直就像被飼主稱讚之後，不斷搖尾巴的狗一樣。

（……是受到部長稱讚，讓他覺得很開心嗎？）

由於重倉總是面無表情的樣子，很少有辦法能想像他內心的想法，然而只有現在直紀自然而然地這麼想了。這時，直紀腦海中回想起小粽的聲音。

『——就讓吾來實現你的願望吧。』

「啊」直紀不禁輕呼一聲。

那個時候，直紀雙手合十對狛犬石像祈求了。希望跟重倉的關係可以變得更好，也希望重倉內心的想法能再表現得更好懂一點。

（可以知道他在想什麼，就是指這樣嗎！）

雖然還不太相信，但重倉確實長出了像狗一樣的耳朵及尾巴。

在內心感到錯愕的直紀眼前，重倉那大大的尾巴依然感覺心情很好地繼續搖晃著。

早上直紀也顧不得工作，一直都在偷瞄重倉的狀況。結果可以得知的是，除了自己以外，其他人都看不見重倉的耳朵及尾巴，而且重倉自己也沒有發現這件事。還有，褲子也並非開了一個洞，而是尾巴從布料穿透出來的樣子。直紀看到當重倉坐在椅子上時，尾巴會穿透椅子垂到地上，這才產生確信。應該只是能夠看見，而不具實體吧。

相較於重倉幾乎沒有任何動作的臉部肌肉，像狗一樣的耳朵跟尾巴則是動得很頻繁。當有人叫到他的名字或電話響起時，耳朵不但會豎起來，在離開座位時只要聽到跟自己工作有關的話題，雖然一臉沒聽見的樣子，耳朵有時也會一顫一顫地抖動著。

也有看到他面無表情接起電話，尾巴卻突然間無力地垂下來。好像是發生了什麼不太好的事情。在掛上電話之後，他沉默盯著電腦螢幕的側臉雖然看不出情感的變化，但只要看到那無力垂下的尾巴，就能清楚知道他正感到消沉。

（……該怎麼說呢，好可愛喔。）

一開始看到身材高大的上班族長出狗耳朵及尾巴的模樣，確實難掩心中的困惑，但這麼看了半天也完全習慣，甚至還會覺得相當惹人憐愛。最棒的是會直接反映出他內心情感的尾巴。沒想到原本完全不知道在想什麼的重倉，內心情感竟是這麼豐富。

最能體認到這一點的時候，就是午休時間了。

直紀他們任職的公司附有小型員工餐廳。雖然只有A套餐、B套餐或是拉麵這幾個選項，還是有很多員工會在這裡解決午餐。直紀也是。設置在餐廳入口處的白板上會寫著每日套餐的菜色。

當他一如往常前往員工餐廳時，發現重倉正在入口處確認套餐的菜色。直紀悄悄從背後靠近，就發現看著白板的重倉的尾巴，氣勢十足地幾乎像要發出切風聲一般擺動了起來。與其說是左右搖晃，那動作更像是在畫圓一般。

直紀驚訝地看著重倉一邊晃著尾巴走進餐廳的身影，也確認起白板上的內容。今天的A套餐主菜是燉煮鰈魚，B套餐則是炸雞塊。

直紀選擇A套餐並找了個空位坐下。環視擺有好幾張六人座長桌的餐廳，就在隔了一點距離的位子看見重倉的身影。重倉好像是點B套餐。他一臉正經拿起筷子夾向炸雞塊，背後的尾巴則很有節奏感地不斷搖晃著。

差點就要發出「呼哇」的驚呼。看著白板時，他的尾巴之所以會有那麼大幅度的動作，是因為喜歡吃炸雞塊啊。真令人感到意外。他平常無論吃什麼都是面無表情的樣子，直紀還懷疑過別說是討厭的食物，他可能甚至沒有特別喜歡吃的東西。

沒想到只是因為炸雞塊，重倉就感到那麼開心，這讓直紀不禁覺得他很可愛。明明表情跟舉止都和平常沒有兩樣，但確實很可愛。不禁讓人怦然心動。

就像這樣觀察著重倉的一舉一動，午休時間轉眼間就結束了，回到自己的座位上時，直紀這才終於發現還沒將昨天的採購委託書拿給重倉。何況他也正想近距離看看那狗耳朵及尾巴，於是拿起採購委託書，直紀便走向重倉的座位。

「重……重倉，呃，這個……」

在他身後畏畏縮縮地搭話之後，只見重倉頭上的耳朵豎了起來。靠近一看更覺得那動作相當順暢。真的是有神經通過的一部分肉體，無法做他想。

直紀將採購委託書交給轉過椅子面向自己的重倉。

「這個處理好了……」

「喔，謝謝。」

重倉伸出單手。雖然是想將文件交到他手上，但視線無論如何都會瞥向重倉的頭，一個不小心就鬆開了手。文件就這麼掉到地上，回過神來的直紀正想撿起來，重倉卻比他快一步彎下腰朝著地板伸手撿起。

「抱、抱歉。」

「不，沒關係。我再去跑課長簽核。」

手中拿著文件的重倉站起身來。直紀像是彈開一樣拉開跟重倉之間的距離，這次他不禁看向那尾巴。

那是一條有著豐沛又蓬鬆黑毛的尾巴。幾乎像是俯視般盯著重倉的尾巴看，只見那尾巴緩緩地左右晃了晃。

直紀看著那在膝蓋後方緩緩搖晃的動作，不禁感到瞠目結舌。會搖尾巴就代表發生了什麼令他感到開心的事情。直紀在抬頭看向重倉的那瞬間跟他對上眼，卻立刻就撇開視線。他雖然一樣面無表情，但尾巴依然不斷左右搖晃著。

（是、是因為我主動來找他講話的關係嗎……？）

不，怎麼可能。儘管這麼想，直紀目光依然注視著持續搖擺的重倉的尾巴。

直紀懷著難以置信的心情，目送重倉在簡短地留下一句招呼之後，就朝部長走去的背影。感覺腳步都輕飄飄起來的直紀一回到自己座位，斜前方的水野便對他說：

「真柴，就算你再怎麼怕重倉，像剛才那樣露骨地低頭撇開視線，他也太可憐了吧。就算是重倉，也會感到受傷喔。」

聽到這樣出乎意料的意見，直紀睜大了雙眼。聽人這樣說，他這才發現自己剛才只顧著看他的尾巴，都沒有好好看著重倉的臉。

講話的時候連目光也沒有對上，確實是太失禮了。直紀自省著，無論多麼在意他的尾巴跟耳朵，以後也要多加留意不要只盯著那邊看。

（但是，重倉確實搖了尾巴……）

就直紀所知，狗會在發生某些開心的事情時搖尾巴。也就是說，重倉本身其實不是很在意直紀沒有跟他對上眼這件事嗎？豈止如此，尾巴還搖了起來，看樣子他或許對直紀抱持著比想像中還要高的好感。

儘管重倉不是回應自己的這份戀愛情愫，但如果把他當作一個沒有隔閡的同

事，就足夠令人開心了。

回想起垂眼看著自己，並緩緩搖起尾巴的重倉，總覺得就開心了起來，這讓直紀嘴邊帶著淺淺笑意，一邊著手處理起下午的工作。

下班之後，直紀先去書店買了一本標題為《從一舉一動看出狗狗心情》的書。他希望可以透過耳朵跟尾巴的動作，進而更加了解重倉的想法。

回到公寓時，發現家裡電燈是開著的。應該是小粽打開的吧。雖然不知道那小小的身體究竟是怎麼觸及開關，但祂可是神的眷屬。想必是用了神通力之類的手段。

「我回來了。」

拿出鑰匙開門進到屋內之後，伴隨著一道用爪子踺過木質地板，喀喀喀的輕快聲音，就看見小粽跑出來迎接。

「回來得真晚啊。」

「抱歉，一整天都把祢自己丟在家裡。都還好嗎？有沒有遇到什麼困難？」

一開始相遇的時候，直紀對小粽講話的語氣還相當有禮，但共處一個晚上之後，完全變成親近許多的口吻了。小粽對此好像也沒有感到不滿，當直紀在解開鞋帶時，祂只是乖巧地坐在一旁，挺胸答道「沒問題」。

「祢一直待在家裡嗎？」

「不，天還亮著的時候有去外面到處找找哪裡有可以回到原本世界的入口。吾也到跟你相遇的那間神社看過，但還是沒有發現那種東西。」

「看樣子一時之間還回不去啊……」

雖然擔心就算是小粽這下子可能也會感到消沉，然而當事者卻只是一邊打著呵欠悠哉地說「搞不好會是一場持久戰呢」而已。

進到家裡之後，發現不只是電燈，就連電視也開著。小粽好像看了好一陣子。試著問祂對電視節目的感想，便說「吾之前就知道人世間有電視這種東西，不過這真是不錯呀。只要看著這個，想消耗多少時間都不成問題」，看樣子祂自己獨處也沒有過得太無聊。

直紀將下班回家途中去超市買的便當放在矮桌上之後，小粽就不斷朝著便當看了過來。一問祂「供給祢吧？」，小粽就一副等著直紀這麼問的樣子，也在桌子前方坐下，於是就跟昨天一樣朝著小粽雙手合十。

「唔嗯，多謝招待。」

小粽心滿意足地從鼻子呼氣之後，就躺回地板上，開始看起電視節目。這副懶散的模樣令人難以想像祂竟是神的眷屬。

「這麼說來，我今天去公司上班之後，發現同事長出狗的耳朵跟尾巴……小粽，那是祢的傑作吧？」

小粽用鼻子輕輕哼了一聲，回應道「那是你的願望吧」。

直紀雖然「嗯」地點了點頭，卻覺得難以釋懷。如此一來的確可以清楚知道重倉在想些什麼，但跟想像中的方法相去甚遠。話雖如此，要是直接對小粽這麼說祂一定會鬧脾氣，直紀決定換個方式問道：

「那個耳朵跟尾巴是碰得到的嗎？雖然尾巴看起來像是穿透了褲子的樣子。」

小粽好像一心專注於電視節目，隨口答腔道：

「那東西無法干涉存在於人世間的物質。唯一例外就是可以看得見那個的你而已。如果是能夠看見那個的你，就能碰得到。」

「是喔？但我要是碰了，那個感觸不會傳達給本人知道嗎？」

「天曉得。根部的地方或許會感受到某種刺激吧？吾也是第一次對人類施加那個術法，所以不太清楚。」

「咦？那真的沒問題嗎？」

小粽的注意力依然放在電視節目上並說著「別擔心啦」，語氣輕鬆地給出保證。雖然不知道可以相信祂到什麼程度，但目前感覺沒有帶來什麼實質的危害，直紀也老實地不再深究。

小粽看著旅遊節目，直紀就在一旁默默地吃便當。吃到一半時，他想起剛才在書店買的書，就在便當旁邊攤了開來。

書上狗的照片旁邊，寫有各種動作所代表的情感等等。像是開心的時候會搖尾巴，生氣的時候會露出尖牙，害怕的時候會將尾巴夾在雙腿之間等等，也有很多直紀本來就知道的動作。

令他感到意外的是咬了飼主之後馬上去舔的這個行為。原本以為這是代表反省的意思，沒想到好像是在表達「要是膽敢反抗絕不輕饒」的樣子。

（原來是這樣啊……如果不知道，感覺一個不小心就會原諒牠了。心情好複雜……）

一邊吃著便當一頁頁翻閱起來的直紀，這時看到一個在意的標題就停下翻頁的動作。上頭寫著「真的只有開心的時候會搖尾巴嗎？」。由於太在意文章內容便詳讀了一下，好像狗在不開心的時候也會搖尾巴的樣子。

（如果尾巴是在水平線下方搖擺，就代表緊張或是不安的情緒……）

看完整篇文章，直紀的臉色頓時變得鐵青。因為他記得拿採購申請書給重倉的時候，尾巴搖擺的動作正是如此。

（原來那並不是感到開心的反應啊！竟然是緊張或不安……是因為我都沒看向重倉的臉嗎？還是說，因為至今都用生疏的態度跟他相處，所以產生了隔閡呢？）

真想將一瞬間還誤以為跟重倉關係不錯的自己痛扁一頓。臆測落空也該有個限度。察覺自己的誤會，直紀垂頭喪氣地闔起書本。

（這樣啊……說的也是。因為我平常就沒有好好跟重倉對上眼的關係……）

重倉一副完全沒放在心上的樣子所以沒有發現，但說不定重倉也因為直紀露骨地撇開視線的行為而感到受傷。

（……接下來該怎麼辦才好？）

直紀自己也認為應該要改善跟他相處時的態度。但要是一個不小心流露出對重倉的情愫，那又是一大問題。他也有可能會跟自己保持更遠的距離。

難得有這個機會可以了解重倉的想法，卻不知道自己該採取怎樣的行動。就算沉思一番也沒辦法立刻想到好點子，在小粽悠閒看著電視時，一旁的直紀黯然地蓋上了便當。

早上到達公司做好工作的準備之後，直紀的目光一定會看向業務部的座位。這是在小粽出現之前就有的習慣，而目標當然是重倉。

業務部的同事常要跑外務不在座位上，就算是在同一間公司上班，也不是無時無刻都跟重倉在一起。因此要是一早就能看到重倉的身影，感覺就像抽籤抽中大吉一樣。

今天依然在等待電腦開機完成的時候，直紀目光就朝著業務部看過去，因為看見重倉的身影而不禁莞爾。然而，看到在他頭上的狗耳朵，就收斂起表情了。

（今天也看得到……）

一度有想過今天說不定不會再看到了，看樣子事情沒有這麼簡單。

小粽說過實現直紀願望的回報，就是要協助讓自己回到原本的世界。也就是說，搞不好在小粽回去之前，重倉都會一直是那副模樣。

就在遠遠注視著重倉的時候，偶然間重倉的視線也往這邊看了過來。直紀下意識低下頭，接著就很想用雙手摀住自己的臉。

（明明知道這種露骨的態度很不好……！）

儘管心知肚明，要是在對上眼的瞬間發現重倉的尾巴是朝下方搖擺的話——光是想像這種事，直紀就快受不了了。這讓他切身感受到就算看不出表情也能知道對方真實的想法確實很便利，但與此同時也有讓人感到害怕的一面。

因為這樣，直紀盡可能不讓重倉進到視線範圍內默默工作，然而不知道是不是特別在意這件事反而更容易看到，今天時不時就會在眼角餘光瞥見重倉。但也有可能只是由於能看到他的狗耳朵及尾巴，才會格外顯眼就是了。

為了轉換一下心情，直紀便走向茶水間。他才正想去倒杯咖啡，就發現有人已經在茶水間內。而且還不只一個人的樣子，連在走廊上都能聽見窸窣的說話聲。

這種時候要是可以輕鬆融入他們當場聊的話題就好了，很可惜直紀並不是這樣的性格。當他決定等一下再過來，打算轉過身的時候，就聽見茶水間傳來男性聲音說著「重倉前輩啊」於是停下了腳步。

從對方的語氣聽來，感覺不是什麼正面的話題。直紀總覺得不要聽比較好，腳就朝著後方踏了一步，卻覺得腳跟好像踩到什麼東西。回頭一看，不知道是從什麼時候來到這裡的重倉，就站在直紀正後方。他踩到的正是穿著皮鞋的重倉的腳尖。

直紀差點就要發出哀號，但他看見重倉伸出食指輕輕抵在自己的嘴唇前方，因此勉強忍了下來。

茶水間的談話聲接連傳出來。那道熟悉的聲音，正是今年才剛分配到業務部的兩個新人。

「我昨天被重倉前輩罵了。」

「你又被罵了喔？是搞砸了什麼啊？」

「他說我估價單太晚給了。但這也沒辦法啊，誰教重倉前輩檢查都超嚴格的。換作是其他前輩，才不會講究到那麼細節的地方好嗎。」

「他確實會一直針對那些不重要的細節呢。那真的讓人覺得心很累。」

「我下次就不找重倉前輩，請課長幫我檢查估價單好了。課長感覺人就很好。」

重倉本人就在旁邊，那兩個人卻渾然不知，還輕浮地笑了起來。

直紀一臉鐵青轉頭看向重倉。得知新人這麼自顧自地說這種話，重倉說不定會一氣之下衝進茶水間。如此一來自己就非得阻止重倉才行。

然而與直紀擔憂的狀況相反，重倉只是一臉淡定的樣子。連眉毛都沒有挑個一下，更不見緊握拳頭的氣勢。好像完全不把新人背地裡的壞話放在心上似的。

直紀鬆了一口氣，然而就在這時。

他發現重倉頭上的耳朵微微動了一下。才這麼想，耳朵就直接垂進頭髮之中。

重倉的狗耳朵突然垂了下來，讓直紀不禁多看兩眼。仔細一瞧，發現他的尾巴也無力地垂著。轉瞬間回想起《從一舉一動看出狗狗心情》的內容，直紀錯愕地睜大雙眼。

（他……他覺得消沉……而且是非常消沉！）

儘管重倉擺出徹底的面無表情，還是因為尾巴跟耳朵而讓他真正的想法表露無遺。被新人在背地裡說壞話，讓重倉整個人都消沉不已。

直紀狼狽地愣在原地。換作是之前的他，肯定會誤以為重倉應該不會把這種程度的壞話放在心上，直接離開現場。然而現在看到那無力垂下的耳朵跟尾巴，不可能還有辦法放任重倉不管。

直紀甩開迷惘，使勁抓住重倉的手，憑著蠻力將他拉過來。

這樣突如其來的舉動可能讓他嚇了一跳，只見重倉的耳朵直挺挺地豎了起來。

直紀不發一語向前走去，將重倉拉進跟茶水間隔了一點距離的資料室裡。點亮擺著好幾個鐵櫃的資料室內的電燈，直紀鬆開重倉的手，轉身對他說：

「重、重倉，剛才那兩個人說的話……」

可能是回想起剛才聽到的對話，讓重倉的耳朵又無力地垂了下去。那副模樣既可憐又可愛，直紀拚命忍耐著不讓自己發出奇怪的聲音。

「你根本不用放在心上！你只是在認真指導後進而已！」

可能因為直紀難得這麼大聲講話，感到有點驚訝的重倉微微睜大了眼。

直紀一心只想著要鼓勵重倉，拚命繼續說下去：

「我剛進公司的時候，也有被供應商那邊的老闆罵過。對方說得超嚴厲，我也覺得為什麼他要這樣針對我。但是，我現在很感謝當時有那番斥責。多虧如此，我在跟其他供應商應對時才不會重蹈覆轍。我也明白了那個人不只是單純在生氣而已，而是花了時間指導我。」

話雖如此，不會有人被罵還覺得開心。就算心裡知道那樣的指摘是正確的，挨罵還是會感到沮喪，也曾為了不讓自己太過消沉而去頂撞對方，以保持自我。

那兩個人應該也只是抱怨一下而已，並不是打從心底討厭重倉才是。

「那兩個人一定很快就會發現重倉是在好好指導他們。如此一來他們一定會感謝你的，絕對會！」

垂著頭，直紀沒有看重倉的反應，自顧自說個不停。由於平常講話不會這麼大聲，讓他的呼息有些紊亂。發現自己喘著氣的聲音在資料室內回響，才讓直紀回過神來。他注意到重倉從剛才開始一直保持沉默，便畏畏縮縮地抬起臉來。

重倉面無表情低頭看著直紀。他沒有開口，身體也是一動也不動。

自己都將以前的事情搬出來，熱切講了一大串話，卻被如此冷淡俯視著，總覺得很灰心。表現得這麼情緒化讓直紀害臊地垂下眼，這時，眼角餘光看見那黑色的尾巴大幅度地搖擺起來。

要是尾巴又在很低的地方搖晃的話會感到大失所望，然而尾巴的尾端就在腰際附近。看著尾巴在高處位置擺動，直紀這才收回視線看向重倉的臉。

重倉跟剛才一樣直直看著直紀的臉，並淺淺露出微笑。

「……謝謝。」

直紀不禁倒抽一口氣。這是很少見到的重倉的笑容。以前輕而易舉奪走直紀的心的那抹笑容依然威力不減，讓他的心跳更是飛快地跳動著。

重倉好像沒有注意到直紀僵在原地的樣子，只是伸手搔了搔後腦杓。

「看來……我好像太過注意細節了，這樣不太好。」

「才、才沒有這回事，何況估價單是客戶也會看到的重要資料……」

「是啊。我還是新人的時候，也被課長狠狠訓練了一番。那個人的指導會嚴厲到讓人哭出來，所以我才想盡可能在新人走到那一步之前，多教會他們一些事情……」

「田崎課長有這麼嚴格喔？」

雖然以前目睹過業務部部長斥責重倉的現場，沒想到連課長都很嚴格。而且田崎課長感覺就是個身材纖瘦的知識分子，給人總是面帶笑容的印象，看樣子是人不可貌相。

「雖然嚴格，但比起我，由課長指導或許比較容易拿出成果來吧。」

這時聽見「咚」的一道輕輕聲響，只見重倉的尾巴又垂下來了。是不是新人的那些話依然讓他覺得受傷呢？沒想到重倉的心這麼纖細，很想鼓勵他的直紀眼神不禁游移起來。

「那個……重倉，你喜歡吃炸雞塊對吧……？」

心想著與其隨便安慰他，還不如換個話題，於是直紀這麼問道。這時，只見重倉頭上的耳朵都豎了起來。大概是吸引到他的注意力了。

「公司附近好像開了一間炸雞專賣店。所以，有空的話……」

正想說出「一起去吧」的時候，直紀就把話吞了回去。他們又不是這麼親近的關係。然而就在他想說出「你要不要去吃看看」的瞬間，重倉的尾巴使勁地豎了起來。

就跟員工餐廳的主餐是炸雞塊那時一樣，重倉的尾巴猛力搖晃著。這是感到開心時，最大限度的表現。從他的表情明明完全看不出來，但內心似乎感到欣喜不已。

一想到他竟然這麼愛吃炸雞塊就覺得很有趣，直紀不禁輕聲笑了笑。

平常總是擺著一副難以相處的臭臉，也看不出來究竟在想什麼，但說不定重倉其實還滿單純的。這麼一想，接續的話也自然脫口而出。

「有空的話，改天我們一起去吧。」

聽直紀這麼說，重倉露出感到意外的表情，還是立刻點了點頭。

「好啊，找天一起去。」

聲音低沉語氣又平板，讓人聽不出究竟是不是場面話。然而直紀卻加深了笑容。因為他看見在重倉背後，那黑色的尾巴感覺很開心地左右搖晃了起來。

「我們也該回辦公室了。」

重倉一說，兩人就一起走出資料室。雖然只是一小段距離，但能跟重倉並肩走在一起還是讓直紀感到很開心，還得抿緊唇一邊走著。

就這麼回到辦公室的直紀，因為目睹出乎意料的光景而停下腳步。重倉也不禁佇足，微微睜大雙眼看著業務部的座位區。

剛才在茶水間講重倉壞話的那兩個新人，就站在田崎課長的座位前面。看樣子那兩個人還真的去請課長檢查估價單了。

課長跟平常一樣表情柔和地笑著。直紀他們目睹笑容滿面的課長，將應該是從那兩人手中接過的估價單拍在桌上的身影。他的表情跟行動完全對不上，讓人搞不清楚這轉瞬間究竟是發生什麼事。

「重倉那麼仔細幫你們檢查過估價單，卻只能給出這點程度的東西嗎？你們有仔細聽重倉指點出的問題嗎？還是都在睡啊？」

課長依然是笑容滿面的樣子，說出口的話卻相當狠毒。他在傻愣的兩人面前站起身來，用「歡迎蒞臨」般的笑容散發出威嚇感。

「你們要是覺得『這不過是估價單』，那可就傷腦筋了。我就親自來指導你們吧。」

大概是總算理解現在事態的發展，遠遠望去也能看得出那兩個人臉色大變。業務部的其他同事都只露出像在說「節哀順變」的微微苦笑，沒有要阻止課長的意思。

那兩人就這麼被帶進會議室，大概一小時左右都沒有回到座位上來。

到了傍晚。步履蹣跚回到座位的兩個新人沉默不語地面向電腦螢幕，並緊抓著剛做好的估價單，爭先恐後衝到重倉的座位旁。

「重倉前輩！請幫我檢查估價單！」

「也請幫我檢查一下！有任何做得不好的地方，都麻煩前輩指點出來……！」

或許是課長的訓練太有效了，只見那兩人深深對重倉低頭遞出估價單。直紀也在自己的座位上看見他們那副模樣。

剛剛才在茶水間不經意聽見那些壞話。還以為重倉會挖苦他們個兩句，沒想到只是默默地接過兩人的估價單。豈止如此，當兩人對他說「非常感謝前輩！」的時候，尾巴還搖了起來。

（……對新人真好。）

看起來身材高大又一臉凶狠的樣子，沒想到重倉其實既纖細又溫柔。

他確認估價單時的表情嚴肅到看起來格外不高興的樣子，但見到因為受新人仰賴而開心搖著尾巴的模樣，讓直紀忍不住自己莞爾起來。

小粽住進直紀的公寓來到第四天早上。當他比平常還要晚起床之後，難得先醒過來的小粽端坐在枕頭旁邊看著直紀的臉。

「直紀啊，看你還真是悠哉，不去那什麼公司的地方沒關係嗎？」

「嗯，今天放假。星期六日不用去上班。」

「你今天不出門啊。那吾想拜託你一件事可以嗎？」

聽祂語氣嚴肅地這麼問，直紀揉著惺忪的睡眼鑽出被窩。

小粽說祂這幾天為了尋找可以回去原本世界的入口走遍公寓附近，但好像完全沒看到任何一處可能會是門的地方。也去過附近那間荒廢神社好幾次，入口卻都沒有開啟的樣子。

「但是啊，可以連通那個世界的入口，基本上都是神社做的。既然如此，如果到其他神社看看，說不定會有入口。」

一邊聽小粽這麼說，直紀在烤好的吐司抹上奶油。放在矮桌正中央之後，就先朝著坐在對面的小粽雙手合十。

小粽吸了一大口氣，說著「唔嗯」就點了點頭。吃飯的時候，直紀在開動前先將食物供奉給小粽的舉動，已經漸漸成為他們之間的習慣。

「那就去其他神社看看吧。」

「你也要陪吾去神社巡禮嗎？吾要是自己走在外頭，似乎很容易受到周遭人群的關注。」

「啊，除了我以外的人也都看得到祢喔。」

因為重倉的耳朵跟尾巴只有直紀自己看得到，還以為周遭的人眼中也都看不到小粽。

小粽感到很厭煩地點點頭並嘆出一大口氣。

「畢竟吾的外表這麼可愛對吧？無意識就會讓人類為之著迷的樣子。要是一個不小心被擄走，豈不是傷腦筋了。」

直紀一邊啃著吐司，心想確實如此。小粽的身形是小型犬尺寸，而且又沒有戴項圈，要是被路人帶走也不奇怪。

（而且，萬一被動保處帶走也很傷腦筋……）

相較之下，這個狀況還比較棘手。

「好啊，我也跟祢一起去。總之先在這一帶的神社繞繞看吧。」

決定之後，吃完早餐的直紀換好衣服，就跟小粽一起去神社巡禮了。出門前他們因為要不要抱著小粽而吵了一輪，結果在「難道你要讓貴為神之眷屬的吾自己走嗎！」一句話之下，直紀就辯輸了。

用手機一查，位於直紀公寓附近徒步可及的範圍內，差不多有三間神社。第一間前往的神社，占地遼闊到完全無法跟與小粽相遇的那間荒廢神社相比。入口處不但有石製的鳥居，社務所裡也有人在。神社境內四處都可以見到前來參拜的人，甚至讓直紀不太敢帶著既沒有項圈，也沒用繩索牽著的小粽去參拜。

走進神社的鳥居之後，直紀用其他參拜的人聽不見的音量悄聲對小粽說：

「離開這裡之後祢自己走嘛。我開始覺得越來越重……」

「軟弱的傢伙。吾看你就趁這機會好好鍛練一下那孱弱的身子吧。」

這番話雖然狠毒卻也是事實因此無從回嘴。直紀於是放棄反駁並換了個話題。

「話說回來，既然附近有這麼氣派的神社，早知道祢用這邊的入口就好了呢。」

「不，這樣氣派神社的入口沒那麼簡單出現裂縫……」

「裂縫？」

這時小粽突然閉上嘴。那很明顯就是說溜嘴的表情。直紀繼續追問是什麼意思，祂才心不甘情不願做出說明。

「連通神社與吾等世界的入口，只有吾等主子大人才能開啟。然而，像那種被人們拋棄的荒廢神社有時會喪失聖域的力量，進而產生裂縫。吾發現之後，想去向主子大人報告……」

「然後祢就想，在報告之前先跑來這個世界玩一下，是嗎？」

搶先祂的話這麼一問，小粽就把臉撇向另一頭。

「吾本來只是想稍微探出鼻子窺視一下，卻一個不小心失足……吾才沒有那種想跑來玩的輕浮念頭！」

「好啦。說的也是呢，抱歉。」

直紀面帶苦笑摸了摸小粽的喉嚨。

「但如此一來，不就很難找到回到原本世界的入口嗎？」

照小粽的說法，像這樣氣派的神社應該不會產生裂縫吧。果不其然，在神社境內走了一大圈，也沒找到像是入口的地方。

原本還氣噗噗的小粽也漸漸冷靜下來，垂頭喪氣地窩在直紀懷裡。

「……吾也知道可能性很低。但只要來到神社，說不定就會遇到某個地方的神碰巧降臨的情況。既然有這個可能，吾本來是想賭賭看這個萬一。」

消沉地低著頭的小粽越看越覺得可憐，直紀於是再次將小粽抱好。

「別擔心。小粽的主子大人一定有發現祢不見了，現在肯定拚命在找祢喔。」

「……是這樣嗎？」

「是啊。為了能讓小粽回到原本的世界，我也會盡可能幫忙。」

小粽沉默一陣子之後，說著「唔嗯」並重重點了點頭。

「也是呢。吾都實現你的願望了，你可得好好協助吾才行。不能繼續浪費時間了，趕緊去下一間神社看看吧！」

小粽很快就轉換了心情，在祂的催促下，直紀面帶苦笑前往下一間神社。

然而無論是下一間神社，還是第三間神社都沒有找到可以回到原本世界的入口。

一走出第三間神社，小粽就變得沉默不語。

直紀抱著小粽走在神社周圍。正當他苦惱著該怎麼安慰想必感到很失望的小粽時，祂突然間喊出一句「停下來！」。直紀嚇了一跳，立刻停下腳步。

「怎、怎麼了嗎，難道這附近有入口嗎……？」

「不，但這個地方……！」

小粽一臉認真地環視四周，用急切的語氣說著「果然」。接著，祂轉頭看向不知道究竟發生什麼事而屏息的直紀，語帶興奮地說：

「這裡不就是前幾天『怦然心動小巷漫步』中出現的，有著極品鬆餅的那條路嗎！」

由於被小粽的魄力嚇到往後仰，直紀的眼鏡滑到鼻梁下來。一時之間他還搞不清楚究竟是在說什麼而愣在原地，但看小粽在懷裡掙扎起來，便連忙將祂放到地面上。

小粽毫不回頭看直紀，自顧自在狹小的巷弄內奔馳起來。直紀拚命追上去之後，小粽總算在一間位於巷弄中段處的咖啡廳前停下腳步。

「果然沒錯！瞧，這就是傳說中有著極品鬆餅的店！」

小粽將音量壓低到只讓晚一點才追上的直紀聽見這麼說。

「怦然心動小巷漫步」好像是每天平日早上會播放的節目，是由一位壯年男性報導員悠哉地走在巷弄內，介紹一些咖啡廳、甜點店或小物雜貨等店家的樣子。小粽似乎每天都會準時收看這個節目，因發現電視上介紹過的店家而感到興奮不已。

看來小粽沒有太過消沉，讓直紀鬆了一口氣，卻也覺得有點傻眼。這時，從開啟的店門中走出一位穿著圍裙的女性。應該是店員吧。

從敞開的門可以瞥見店內的環境，是以白色為基調，感覺既清爽又明亮。座位有分吧檯及桌席，還點綴著時尚的觀葉植物等擺設。

「直紀，趕緊進去吧！這可是那個『怦然心動小巷漫步』介紹的店喔！」

避免被店員聽見，小粽小小聲這麼提出訴求。直紀一臉為難的樣子，姑且還是向店員問道：

「請問你們店可以帶寵物進去嗎……」

被這麼一問的店員看向待在直紀腳邊的小粽，雖然一瞬間不禁莞爾，還是立刻說著「非常抱歉……」並搖了搖頭。

「……沒辦法囉。如果不是可以跟寵物一起入店的地方，小粽就不能進去。」

店員離開之後，聳了聳肩低頭看向小粽的直紀不禁睜大雙眼。

因為小粽不但露出齜牙裂嘴的表情，還惡狠狠地低吟道：

「膽敢將貴為神之眷屬的吾當作玩賞動物……！絕不輕饒！」

「不，這也無可奈何好嗎！小粽這副模樣怎麼看都是小型犬啊……」

「那麼，只要化為人形就可以了吧！」

才剛說完，小粽立刻衝進細細的暗巷內。直紀不知道祂打算做什麼，慌慌張張追上去之後，只見小粽停在堆著垃圾袋跟啤酒籃的昏暗小巷中。周遭除了直紀跟小粽，不見其他人影。

正當直紀靠近小粽，想對祂說「祢就死心嘛」的時候，小粽背對直紀的身體突然間膨脹起來。

「咦……什麼！」

就像有空氣一股勁地流入巨大氣球當中，小粽的身體隨之膨脹起來，改變了輪廓。

小粽的身體就像柔軟的麻糬一樣伸展開來，才發現是朝著縱向延展時，眼前已經沒有見到小粽的身影了。

相對的，站在那裡的是個有著一頭耀眼銀髮的年輕男子。穿著白襯衫配白長褲，就連腳上都穿著白色皮鞋，全身都是潔白的樣子。

身穿像是舞臺服裝一般打扮的男子轉過身來。不只服裝跟髮型而已，男子就連容貌都端正到十分搶眼。輪廓深邃的臉龐一點也不像日本人，從長長的瀏海縫隙間可以看見他的眼睛是琥珀般的金色。那男子有著銳利的美貌，光是被他注視就會不禁感到害怕，然而他一看到直紀，就毫無保留地用那端正的面容露出滿臉大大的笑容。

「瞧啊，直紀！這副模樣就沒問題了吧！」

那熟悉的語氣讓直紀眨了眨眼，儘管心裡有些遲疑，直紀還是走向那名男子。

「祢……祢是小粽嗎……？」

「沒錯。可別小看神之眷屬了。不過是化身人形，小事一樁。」

話才剛說完，小粽就抓著直紀的手折返剛才走過的路，強行將直紀拉進咖啡廳。

先前拒絕他們進入店內的店員當然沒有發現小粽的真面目，豈止如此，感覺還震攝於那副太過端正的面容，並替兩人帶位。

就座之後，小粽甚至沒有攤開菜單，直接就對店員說「吾要點鬆餅」。直紀點了咖啡之後，再次凝視著小粽的外貌。

「……既然可以變成人類的樣子，那祢一開始用這副模樣去各間神社巡禮就好了啊。如此一來，也不用擔心會被別人擄走吧。」

「吾也很想這麼做啊……」

一邊說著，小粽翹起在桌子底下顯得有些擁擠的長腳。化身人形的小粽不僅面貌絕美，連身材也格外出眾。

「保持人形會讓吾相當疲憊。氣力用盡就會恢復原本的模樣。這個姿態頂多只能維持三十分鐘。」

「這樣啊。那也不能去到太遠的地方呢。」

小粽一邊點著頭，感覺心情很好地環視店內。

「但既然可以像這樣進到店裡面，不如進行一番盡可能拉長維持人形時間的修練好像也不錯。這裡跟在電視上看到的一樣，是間好店呢。」

小粽說的沒錯，這裡有從落地窗灑進來的燦爛陽光，讓店內呈現出很棒的氣氛。

然而直紀十分在意其他桌客人紛紛投來的視線，讓他覺得坐立難安。看來店裡的女性客人，都對眼前這個有著模特兒般秀麗面容的小粽深感興趣的樣子。

「祢難道不能變身成再低調一點的樣子嗎？至少把頭髮跟眼睛弄成黑色之類。」

「吾沒辦法做到那麼複雜的事情。沒差吧，人類不也會把頭髮染成紅色或金色之類的嗎？」

一問一答間小粽所發出的聲音，比狗的模樣時更低沉又成熟許多。大概是配合跟直紀差不多年紀的外表，也改變了聲音吧。

不久後，鬆餅跟咖啡端上桌了。

撒上糖霜的厚鬆餅周圍有著藍莓跟草莓等色彩繽紛的水果點綴，這一盤讓小粽看得雙眼都亮了起來。

「真是太棒了，跟在電視上看到的沒有絲毫差異。直紀，快點供奉給吾吧。」

「咦，祢就算變成這樣也不能吃嗎？」

小粽一臉認真地說「當然啊」，並點了點頭。儘管直紀顯得有些慌亂，小粽依然催促地說著「還不快點」，他這才帶著猶疑雙手合十，並低頭致意。相對的，小粽則是雙手抱胸，閉上眼睛板著一張臉，一動也不動。

隔著鬆餅合掌的男人，以及閉目的男人。不知道這副模樣看在他人眼裡會作何感想？真是一點也不願去想像。

放棄思考的直紀合掌一段時間之後，小粽便睜開明亮的雙眼。

「唔嗯，這真是相當美味啊！太棒了。」

「可、可以了嗎？」

「吾滿足了。剩下的你就吃掉吧。」

小粽笑容滿面地將鬆餅跟咖啡推到直紀面前。沒想到今天午餐就是小粽吃剩的鬆餅。

一邊碎念著「是沒差啦」將刀子切入鬆餅，這時一股溫熱香甜的氣息伴隨熱氣冉冉飄起。在切開的地方放上奶油轉眼間就融化，漸漸被柔軟的鬆餅皮吸了進去。最後再淋上蜂蜜，切成一口大小送進嘴裡。

「……嗯，好好吃。」

「對吧。」

小粽開心地笑得好像是在稱讚自己似的，甚至說出「以後去神社巡禮完，回程時都像這樣找間時髦的咖啡廳坐坐也不錯呢」這種話。

直紀無言以對地看向小粽。光是要跟外表這麼高調的小粽一起踏入咖啡廳，就要鼓起相當大的勇氣了，還要在店裡向祂供奉食物，這讓直紀被周遭投來的視線傷得不輕。

大概是察覺到直紀想著「可以的話盡量不要」的真心話，小粽便噘起嘴。

「什麼嘛，吾都替你實現願望了，你也該做點相應的事情。比之前還更了解心上人的想法，應該讓你感到很開心吧？」

「這……是沒錯啦。」

直紀支支吾吾說著就垂下雙眼。

由於重倉長出狗耳朵及尾巴的關係，確實讓直紀更容易理解他的心情。多虧如此，前幾天才有辦法安慰感到消沉的重倉。

話雖如此，也不是突然間就拉近了彼此的距離。在那之後沒有什麼親密交談的機會，至今他依然是「其他部門的同期」這樣遙遠的存在。

「如果不在某種程度上自己展開行動，事態可不會好轉喔。」

小粽拋來這番正論，讓直紀心感無力地點了點頭。

「不然你乾脆向他表白自己的心意如何？」

「那、那是不可能的啦……不過祢說的對，我最近也想向他道謝。多虧了他，我才能改變自己面對工作的態度。」

「你很有心嘛。但別說最近了，你大可立刻告訴他這番感謝的心情。」

「是沒錯啦，只是一直找不到好的時機……」

「都靠吾的力量將對方的心情表露無遺了，還是辦不到嗎？到這個地步依然猶豫不決的話，將來應該也不會有什麼機會了吧？」

小粽這番刺耳的話，讓直紀不禁停下正拿著叉子將鬆餅送到嘴邊的動作。

小粽那雙金色的眼睛直直注視直紀。還以為是惹祂生氣了，看起來卻好像並非如此。那是冷酷地在觀察人類的眼神。就像躲在草叢深處緊盯著獵物的野獸一般。

「要是吾回到原本的世界，你心上人的模樣也會恢復原狀。在那之前要是不採取一些行動，你的希望就會完全斷絕喔。」

見那態度強硬的眼神，直紀垂著眼點了點頭。直紀也很明白，儘管現在變得容易理解重倉的心情，要是不改變自己的行動，狀況也不會有任何變化。

（我就是遲遲無法踏出那第一步……）

直紀消沉地垂下肩膀，然而這時小粽卻滿不在乎地換了個口吻。

「怎麼樣，只要來到咖啡廳，吾就能給你一點有益的建議喔。這樣以後去神社巡禮時，你也會想來咖啡廳了吧？」

「嗯……嗯？咦，難道剛才那是在陪我商量嗎？」

小粽用一本正經的表情點了點頭，並環視店內一圈。

「看來咖啡廳這種地方，似乎就是讓人商量戀愛苦惱的場所呢。旁邊那幾桌的女人們全都在聊這方面的話題喔。」

「不、不是啦，並沒有特別限制要談這些事……而且不可以偷聽別人說話啦！」

小粽一臉感到無法理解的樣子說著「為什麼？」並歪過頭。

「這不是很好嗎？只要來到咖啡廳，吾就能享受在『小巷漫步』中看到的那些茶點，而你可以跟吾商量戀愛的煩惱。這正是所謂的雙贏吧。」

當直紀去上班時，小粽好像一直在看電視，格外熟知世俗這些詞彙。聽到這些對於神的眷屬來說太過世俗的詞彙，反而讓直紀放鬆下來，輕聲笑了笑。

「……那就偶爾找祢商量一下好了。」

雖然打從一開始就不期望這份單戀能發展下去，但至少想跟重倉成為關係要好的同事。為此，自己也要鼓起勇氣踏出第一步才行。如果是小粽，總覺得應該會毫不遲疑地在背後推自己一把。

小粽一臉得意地挺起胸膛，說著「交給吾吧」並重重點了點頭。

「那就事不宜遲，明天也找間咖啡廳坐坐吧。」

「呃，什麼……好歹也下星期再說吧……」

看來就算要硬扯出各種理由，祂也很想去各式各樣的咖啡廳看看的樣子。

小粽已經完全變成咖啡廳的俘虜了。

星期一，在前往公司的電車上，直紀不禁大嘆了一口氣。

（那些時尚的咖啡廳，不論咖啡還是蛋糕都好貴……）

結果不只星期六，直紀就連星期日也要陪著小粽去附近的神社巡禮，並在祂強硬的態度下又被帶進咖啡廳。而且還一天跑了兩間。

直紀平常不太去這種店家，因此不清楚價位是否合理，不過只有一個吃不飽的小塊蛋糕搭配咖啡的套餐，隨隨便便就超過一千圓了。如果拿這筆錢去附近的拉麵店吃飯，不但可以點一碗叉燒拉麵，還能加上一份煎餃。

從錢包裡掏出來的金額和肚子的飽足感不成正比，害得直紀晚上只能買便利商店的飯糰果腹。如果每星期都被逼著這樣揮霍他遲早會破產。

小粽依然沒有找到可以回去原本世界的入口，但祂自己卻沉迷於泡咖啡廳，對於這個狀況似乎沒有抱持什麼危機感的樣子。真不知道這樣是好是壞，直紀只能嘆著氣走進辦公室。

直紀一邊走向自己的座位，目光朝著業務部的座位區看去。今天也是一早就能在業務部看到重倉的身影。他跟平常一樣是那副凜然的側臉，再搭上滿滿反差的可愛狗耳朵及尾巴，讓直紀不禁暗自莞爾。

頭上那對黑色的耳朵直挺挺豎立著，重倉正看向手邊的資料。從椅子的陰影處可以看見他的尾巴緩緩搖晃著，不知道是不是發生了什麼好事。雖然他板著一張臉，怎麼看都不像是心情很好的樣子。

（……要是沒有那對耳朵跟尾巴，絕對會以為他心情很差。）

而且自己肯定連一聲早安都不敢跟他說。既然如此，果然還是要趁著可以看見重倉心情的現在，至少跟他建立起可以自在攀談的關係。

何況小粽也在身後推了自己一把，直紀像是為自己打氣般握緊拳頭。無論是怎樣的理由都沒關係，總之今天要主動找重倉講話。最糟的情況，就算只是在下班時跟他說聲「辛苦了」也好。雖然只是小事一樁，但對於至今都無法跟重倉對上眼的自己來說可是一大步。

因此，直紀從早就不斷偷瞄重倉的狀況，然而上班時間才開始不久，他馬上就察覺重倉看起來好像不太對勁，並停下自己手邊的工作。

重倉正在自己的座位上講電話。他單手寫著筆記，跟平常一樣面無表情地做出回應。儘管如此，頭上的耳朵卻垂了下來。

這讓直紀不禁探出身子定睛細看，這才發現尾巴也無力地垂著。不僅如此，當直紀發現尾巴還塞在雙腳之間時，不禁感到瞠目結舌。那個重倉竟然正感到害怕。

（到、到底發生了什麼事？）

原因應該出自重倉正在講的那通電話吧。即使如此，他的表情依然沒有一絲動搖，說話的語氣似乎也很平穩。坐在重倉附近的業務部同事們，沒有任何人察覺重倉的異樣。

過了一段時間之後，重倉靜靜放下話筒，將手肘抵上桌面。他應該正看著剛才一邊講電話時做的筆記，但從他的耳朵依然垂著的狀況看來，或許是消沉到動彈不得的狀態。

直紀見到他一副跟聽見新人們在背後說壞話時一樣，甚至比那時更加消沉的模樣，就覺得焦急不已。就算到了午休時間，重倉的耳朵依然趴在頭上，尾巴也有氣無力地垂著。

當直紀看到重倉望著放在員工餐廳前方的白板的背影時，更是切身感受到他有多消沉。

重倉瞥了一眼白板，垂著的尾巴一動也不動，沒有任何搖晃就這麼走進餐廳。在後頭的直紀確認白板上寫的菜色之後，感受到晴天霹靂的衝擊。

（——主餐是油淋雞耶！）

今天A套餐的主餐是油淋雞。雖然上頭淋著酸酸甜甜的醬汁，但那本體依然是炸雞塊。沒想到之前尾巴因為炸雞塊套餐而搖成那樣的重倉，看到油淋雞竟然一點反應也沒有。

（該不會是發生了非比尋常的狀況……！）

直紀沒什麼胃口地吃著午餐，當重倉先吃完並走出餐廳時，他也立刻追了上去。

距離午休結束還有一段時間，辦公室內還很閒散，空蕩蕩的座位很是明顯。重倉雖然在自己座位上看著手邊的資料，但頭上的耳朵依然是垂下來的狀態。

是不是工作發生什麼狀況了呢？雖然很在意，但之前從來沒有主動向重倉攀談過，讓直紀感到裹足不前。當直紀在辦公室入口猶豫著究竟要不要去重倉的座位找他時，看到那尾巴的尾端有氣無力地垂在地上，這才做足了覺悟。

要是現在不去找他，大概就再也沒有自己主動找重倉說話的機會了。直紀這麼告訴自己，踩著僵硬的步伐走向重倉的座位。

「重、重倉……那個……」

重倉垂著的耳朵抖動了一下。然而還是很快就喪失氣力般癱軟下來，重倉也緩緩轉頭看過來。

「……是真柴啊。怎麼了嗎？」

轉過椅子抬頭看向直紀的重倉，無論表情還是語氣都一如往常。看不出來有感到焦急或是消沉的樣子。這讓直紀有點畏縮地想著，該不會是自己太過武斷地誤以為發生什麼狀況，然而當他看見重倉的桌子，臉色就變了。

「那是板金設計圖？」

在桌面上攤開的是詳盡標示出數值及角度的設計圖。角落也記載了機種的名稱。看到這個，直紀馬上就明白了。

「那難道是委託我妻板金工廠的板金設計圖？我妻工廠發生了什麼狀況嗎？」

一問之下，重倉的耳朵直挺挺豎了起來。他的耳尖顫顫地抖動著，很明顯是有所反應。然而重倉本人卻陷入沉默，既沒有否定也沒有表示肯定。

換作平常，直紀一定會覺得是自己搞錯，很快就作罷，然而現在他能看見重倉的耳朵及尾巴。豎起來的耳朵正前後擺動著，就是他在思考的證據。雖然不知道重倉正在想什麼，但直紀挺身想推他一把。

「要是出了什麼問題就跟我說吧。負責訂購那個機種的人是我，我也很常撥電話跟我妻工廠聯絡。說不定有什麼我能夠幫上忙的地方。」

可能因為直紀的態度比平常更強勢而感到驚訝，只見重倉微微睜大雙眼。即使如此還是感到有些遲疑的樣子，只見他的耳朵微微動了動，並在轉瞬間整理好思緒的樣子，那對黑色的耳朵重新面向直紀。

重倉稍微退開椅子，好讓直紀也能看見那份設計圖並開口說：

「這個機種預計下星期要交貨。基板都已經裝好了，然而板金的部分……」

「製作上出了什麼問題嗎？」

「不，是我們技術部的設計疏失。我妻工廠沒有任何差錯。我一早就請技術部重新修改設計圖，也必須立刻重新下訂單才行，但是……」

話說至此，重倉停頓了一下。一度豎起來的耳朵又再次垂下去，並吐出一口壓抑的嘆息。

「很有可能會造成交貨延遲，所以我就先聯絡客戶，說明這個狀況。然後，呃，理所當然被罵得狗血淋頭。」

看樣子早上他一邊講電話時，耳朵會無力垂下來的原因就在於此。

電話那頭的客戶好像盛氣凌人地斥責重倉，他也因為是自己公司的疏失而無法回嘴，只能一味地不斷道歉的樣子。光是這樣就已經讓人感到夠鬱悶了，還沒得喘口氣，接下來又要撥電話向板金工廠說明狀況才行。

「畢竟是交期這麼短的訂單。有必要的話，我也會協助說明……只是我妻板金工廠的老闆就是……很那個吧。」

重倉雖然說得很曖昧，但直紀相當清楚他想表達的意思。

我妻板金工廠的老闆是個年近八十歲的大師傅，不但現在還活躍於第一線，更不斷激勵著底下的員工們。有著能工巧匠的脾氣，說話的語調跟態度更是出名的粗魯。只要惹毛老闆，不論對方是客戶還是何方神聖，都會不由分說地怒吼一番。採購部的直紀多有跟我妻老闆直接聯絡的機會，被他怒罵一頓的狀況不下一次兩次。要是拜託他們處理這個交期短又是重新訂製的單子，老闆想必會做出厭惡的反應。

看來因為才剛被客戶臭罵一頓而感到消沉，要再向難搞的我妻老闆下交期短的訂單，似乎需要先轉換一下心情。

「但還是要跟他們聯絡才行……總之，可以請你下午優先用最短交期開一張訂單嗎？要是我妻老闆需要有人出面說明這個狀況的話，就由我來應對。還是說，應該要先跟採購部的部長講一聲比較好？」

一邊聽重倉說明，直紀一面看向攤在桌上的設計圖。大致確認過板金大小、加工，以及塗料等需求之後，便點了點頭。

「還是要先跟部長說一聲，不過就由我來聯絡我妻工廠吧。」

跟重倉談著談著，午休時間也結束了，採購部的同事們也紛紛回到座位上。

直紀立刻跟部長說明這件事，拿著跟重倉借來的設計圖回到自己的座位。重倉也跟著過來，站在握住話筒的直紀身後待機。好像是打算當我妻老闆表示為難的時候，立刻就接過電話試圖代為說服他的樣子。

直紀拿起話筒，吸了一大口氣。他按下已經撥過好幾次的電話號碼，將話筒抵上耳邊。電話響了幾聲之後，另一頭便傳來說著『你好』的渾厚嗓音。接電話的正是我妻老闆本人。

「平時多受關照了，我是藤峰電機的真柴。」

『是你啊。怎麼了？』

我妻總是這樣，講話應對時都不太用敬稱。就算對方是客戶公司的採購部門也一樣。即使如此，由於板金方面的技術精湛到令人毫無怨言，因此採購部在眾多板金工廠中，開出最多張訂單的還是我妻板金工廠。

「其實是這樣的，這次有件事情要特別麻煩老闆……」

『又來了！』

不等直紀的話說完，電話另一頭就傳來我妻扯著嗓門說話的聲音。

『每當你像這樣畏畏縮縮開口的時候，都不是什麼好事。拜託別這樣，我要掛電話了。』

我妻的嗓門本來就很大，因此就算不用擴音模式，他的聲音也會傳出來。這時重倉彎下身，他看過來的表情就像在問「要由我來說嗎？」，但直紀只是動了動嘴型回他「沒關係」。

「關於上星期三交貨的商品……就是要用在那個基礎型多功能繳費機的。」

『去年的試作份交貨之後，這次是製品第一批貨的那個吧？怎麼了嗎？』

「其實製品出了點差錯。」

『是刮痕嗎？毛刺？還是塗布不均？』

「不，是我們技術設計上的疏失。」

電話另一頭的我妻大喊著『什麼嘛！』。幾乎已經是怒吼了。

『那是你們自己的責任吧！』

「是的，真的非常抱歉。我妻先生說得沒錯，這次是敝公司的疏失，然而客戶那邊卻無法讓我們延遲交貨……」

『跟客戶的交期談不攏，是你們業務部的問題吧。』

我妻說的話毫不留情。直紀都能感受到身旁的重倉倒抽了一口氣。

像是要激勵他一般，直紀看了重倉一眼，繼續交涉下去。

「在各個環節都有所不周，真的非常抱歉。我知道這太仰賴我妻先生了，但請問能不能在本週內再交出一批貨呢？不然我會被奈良廠長臭罵一頓。」

一把公司的工廠廠長奈良的名字搬出來，我妻說話的聲音就顯得更加嚴厲。

『奈良那個乳臭未乾的小子竟然說這種自以為是的話嗎！』

在一旁聽著對話的重倉不禁睜圓雙眼。奈良廠長已經年近五十，但我妻似乎從他還是個新人的時候就認識，因此至今還是將他當成年輕小子對待。

『那傢伙也真搞不清楚狀況，就算可能會趕不上交期，罵一個採購部的年輕人又能怎樣！你去跟他說，既然是廠長就閉上嘴去重做一份新的工程進度表吧！』

「奈良廠長一旦生氣起來會很可怕，我沒辦法對他說這種話……」

『什麼？奈良那小子跩什麼跩啊！真拿你沒辦法，什麼時候要？』

「謝謝我妻先生！那就麻煩明天交貨了！」

『說什麼蠢話，最快三天啦！』

一邊對我妻道謝，直紀向重倉比了一個勝利的手勢。

重倉一臉驚訝不已的樣子，結果直到直紀掛上電話，他都待在原地沒有離開。

在電話中跟我妻談妥，並聯絡奈良廠長更改工程進度之後，總算避免了延遲交貨的局面。

先是寄修改後的設計圖給我妻又開好新的訂單，當重倉再次來到忙東忙西的直紀身邊時，剛過了下班時間不久。

「真柴，你要下班了嗎？」

重倉突然從身後搭話，讓直紀不禁抖了一下肩膀，但他還是沒有低下頭地點了點頭。之前都擔心對重倉的這份情愫會被本人發現，因此不敢跟他對上眼，但直紀現在已經領悟到要是再這樣下去，他們就連關係要好的同事都當不成。

望著難得抬頭直直看向自己的直紀，重倉的尾巴在偏高的位置搖擺起來。看來只是這麼一點小事，都讓他覺得很開心的樣子。

重倉一邊緩緩搖著尾巴，並對著直紀低頭致意。

「今天突然拋工作給你，真的很抱歉。但多虧有你，真的幫了大忙。謝謝。」

直紀不禁睜圓雙眼。沒想到重倉竟然只為了說這些就特地跑來座位找自己。更何況，直紀認為自己不過是做了採購部的分內工作而已。

即使如此，重倉還是很有禮貌地前來道謝。這讓直紀再次體認到自己真的很喜歡他。能幫上他的忙，也讓直紀感到很開心。總覺得心裡深處點亮了一盞溫暖的火光。

他自然而然地垂下視線，但這次真的沒辦法。因為喜歡跟開心混雜在一起露出的表情，總不能讓重倉本人看見。

「不、不客氣。那個，以後要是又遇到什麼問題，都儘管跟我說吧。那我走了……」

已經將電腦關機的直紀動作俐落地做起下班的準備，然而，他被重倉一句意料之外的話留下腳步。

「你今天有空的話，要不要一起去吃個晚餐？我請客。」

直紀不禁渾身僵在剛從椅子站起來的姿勢。這天上掉下來的禮物實在太過巨大，一時無法承受的直紀感覺差點就要直接昏倒在地了。

真的可以承受這樣的僥倖嗎？在這之前跟重倉都只有工作上最低限度的交

談，現在竟然可以在公司之外的地方一起吃飯。

直紀眨了好幾次眼，不禁用拔高的聲音答道：

「呃，但我只是做了分內工作而已……並不是什麼足以讓你破費的事……」

當他這麼說下去，只見重倉的耳朵便垂了下來。可能是以為被直紀拒絕，而感到消沉吧。那副模樣讓人看了很是心疼，直紀便大聲地說：

「但是！我想跟重倉一起吃飯！你不用請客啦，我們去吃點東西吧！」

發揮前所未見的積極態度這麼說之後，重倉原本垂下來的耳朵便豎了起來。

「那我也去收拾一下。」

直紀看著重倉留下這句話就轉身回到自己座位的背影，不禁握緊自己襯衫的衣襟。

（……尾巴在搖。）

不過是這種程度的事就讓重倉開心到搖起尾巴，看起來實在太可愛了，讓直紀不禁緊咬住牙關。竟然要在這種狀況下跟重倉一起吃飯，對他的好感會不會表露無遺呢？

（我完全不覺得有辦法掩飾過去……）

吐出一聲伴隨著開心及苦惱的嘆息，直紀更是加重了揪緊衣襟的力道。

兩人決定去之前直紀說過的那間新開幕的炸雞專賣店吃晚餐。

重倉一臉鎮靜地說著什麼「真柴覺得好就好」，但從他的尾巴激動地搖擺起至今從未見識過的幅度看來，他是真的很喜歡吃炸雞吧。

畢竟是星期一，店內客人沒有很多，兩人被帶位到四人座的桌席。不愧為炸雞專賣店，菜單大多是炸雞料理。不只炸雞腿、炸雞排而已，還有炸雞胸、炸雞翅，也有炸雞軟骨。

直紀從攤在眼前的菜單一角悄悄瞥向重倉。他將手指抵著嘴邊，認真思索著要點什麼料理。

最近因為頭上長出的耳朵及尾巴的關係，覺得重倉可愛的機會增加了不少，但這樣一看更覺得凸顯出他精悍的面容。指尖撫著嘴唇的動作看起來也莫名豔麗，讓直紀再次偷偷將臉藏到菜單後頭。

（真、真的跟重倉兩人獨處耶……怎麼辦，心、心臟會承受不了……）

「真柴，你決定好要點什麼了嗎？」

重倉突然開口這麼問，讓直紀抖了一下並挺直背脊。一時之間還沒辦法端正好表情，只能在菜單背後發出「嗯——」這般刻意表現出沉思感覺的聲音。

「我還沒決定耶……重倉你呢？」

「我想吃炸雞腿跟炸雞翅。炸雞塊的話，鹽味跟醬燒都想吃看看。其他的就看你喜歡吃什麼吧。」

「那也點些沙拉之類的副餐好了。重倉，你有不喜歡吃的東西嗎？」

「不，我沒什麼不吃的。點你喜歡的就好。」

總之先做點其他事情比較能分散注意力，因此直紀便用放在桌邊的平板點了飲料跟幾種炸雞，以及牛奶洋蔥沙拉。飲料馬上就送上桌，直紀點的是柳橙沙瓦，重倉則是舉起檸檬沙瓦乾杯。

「辛苦了。」

不知道是不是錯覺，重倉的聲音聽起來比平常還要柔和一些。光是這樣微不足道的小事就讓直紀的心都要飛揚起來，感覺在喝酒之前臉就會變紅了。想開口說些話遮掩過去，卻不知道該提什麼話題才好。跟單戀對象兩人獨處的歡喜與緊張感，讓他變得不太靈光。

才想跟剛才一樣偷瞄重倉的臉，卻不禁對上視線，害得直紀差點就要把酒噴了出來。

「怎……怎、怎麼……了嗎？要加點嗎？」

「不，剛才點的東西都還沒送上來，先不用加點沒關係。」

面對直紀這樣傻傻的提問，重倉也是很認真地做出回答，並直直注視直紀的臉。被他這樣盯著看讓直紀覺得坐立難安，還在動作生硬地端正姿勢時，重倉就淺淺莞爾一笑。

「這樣說是滿失禮的，但沒想到真柴可以跟我妻老闆那樣對等地溝通，讓我覺得有些意外。」

見到重倉露出淺淺一笑的表情，差點就要看到入迷的直紀，連忙喝起沙瓦。心裡盤算著要是臉紅了起來，只要說是喝酒的關係就好，並將喝掉一半的杯子放回桌上。

「才沒有對等呢，每次都是那位老闆單方面對我讓步而已。」

「難道你握有我妻老闆的什麼弱點嗎？」

被重倉表情正經地這麼一問，直紀一邊笑著說「不是好嗎」並搖了搖頭。

「剛進公司不久的時候，我被我妻老闆狠狠痛罵過一頓。」

之前直紀也對重倉提過曾被供應商老闆痛罵的那件事，對方正是我妻。

剛進公司時，才從大學畢業還搞不清楚狀況的直紀，就只照著職場前輩教的去做，每天都過著機械式處理工作的日子。無論要對方回覆交期的申請書還是估價申請書，都只在上頭標註回覆期限以及要求的交期就傳真送出，要是沒得到回覆，就再傳真一次的感覺。

當他反覆做著這些工作時，我妻某天突然撥了一通電話過來。

「我接起電話的瞬間，老闆就怒吼著『叫那個姓真柴的傢伙過來！』，害我以為是不是出了天大的差錯。因為他的態度實在太凶狠了。」

正要喝檸檬沙瓦的重倉肩膀微微抖了一下。在杯子遮掩下看不到他的嘴邊，或許是忍不住笑了出來。

當時直紀用顫抖的聲音回答「我就是真柴」之後，我妻更是大聲地滔滔不絕說了起來。

『竟敢事前一點聯絡也沒有，就一直傳送一張張的傳真過來！而且這種交期怎麼可能有辦法配合啊！你菜鳥啊！既然如此，至少也要撥通電話來打聲招呼吧！傳個傳真過來就沒消沒息，我也拿不出幹勁來啦！』

罵完之後，我妻就逕自掛上電話。

大概是想像了當時我妻怒氣衝天的態度，重倉不禁稍微皺起眉頭。

「……那你當時怎麼處理？」

「我總之先去找部長商量。結果這才知道我妻工廠那邊狀況比較特殊，沒有事先跟他們打聲招呼還是不太好。你也記得吧，那時候我們公司忙成一團，所以指導新人的事情都一直往後延……於是我就拜託部長讓我去我妻板金工廠實地參觀學習，也當作是遲來的招呼。」

聽說其他採購部的同事們也都有到供應商的板金工廠參觀過，所以直紀也希望能有這樣的機會。

幾天後，直紀帶著伴手禮前往工廠時，是我妻親自前來迎接。

「他一邊碎念『竟然挑這種忙得要死的時候』，卻還是很細心地向我介紹整座工廠。不但讓我看了比我的身體還要大的板金，也跟我說明了壓床、雷射切割機等機械。」

甚至教導直紀整個作業流程等事情之後，我妻說了「好好學學吧，菜鳥」。

那時空有採購部員工之名，甚至連零件所需的前置時間幾乎都還不熟悉。看著直紀一臉欽佩地猛點頭，我妻那天第一次笑了。

「不過呢，我認同你敢一個人踏入這裡的勇氣。在電話中被臭罵成那樣，一般來說菜鳥都會嚇到夾著尾巴逃跑就是了。」

參觀結束之後，直紀就在工廠附近的居酒屋跟我妻一起喝了酒。聽我妻說起成立公司直到現在經歷過的辛勞，直紀深感興趣地附和之後，好像就莫名受到我妻的喜愛，現在他甚至會毫不避諱公然地說「採購部的真柴是我教起來的」。
一邊喝著檸檬沙瓦聽直紀說這些事情的重倉，在他講到一個段落的時候感慨地嘆了一口氣。
「沒想到真柴還滿有膽識的呢。我覺得自己小看你這個男人了。」
「你說得太誇張了啦。而且，我也沒有什麼膽識。」
「但你還是隻身一人跑去那個老闆那邊了吧？」
直紀接著說到「那是因為……」，話就停了下來。
那一天，之所以會勉強驅動自己顫抖的雙腳前往我妻工廠，都是因為有重倉的那一番話。這件事，他一直很想找機會告訴重倉。
現在就是絕佳的好機會。直紀豁出去地開口說：
「之前你有對我說過吧。雖然沒必要認為是自己的責任，但希望能承受一些壓力。」
重倉像是回想起這件往事，緩緩地眨了眨眼，並發出一聲「喔喔」。
「我確實有說過這樣的話。」
「正因為你那樣說，我才發現自己完全不了解製作現場承受的壓力。要不然我應該也不會想要去我妻工廠參觀。」

製作現場有現場的工作流程以及問題，若是沒有實際去感受就無法理解。如果一心只想著讓自己公司的工程可以順利進行，拚命要對方順應自己的要求也很難成事，有時也必須諒解對方並做出退讓。

這個社會就是在雙方相互退讓的前提下運轉。得知製作現場的壓力也成為一個契機，讓自己得以理解這種理所當然的事情。

「多虧有重倉對我那樣說，才讓我改變了想法，跟供應商交流的方式也改變了很多。所以，我一直很想向你道謝。」

直紀一臉緊張的樣子端正姿勢，朝著重倉低頭致謝。

「那時候真的謝謝你了。我很感謝重倉。」

可能是緊張感影響到聲音的關係，說到最後語調不禁拔高了一些。

即使如此還是說出口了。這麼多年來一直想著要對他說，卻遲遲說不出口的話，總算是親口向他說出來了。直紀懷著莫名的成就感抬起臉來，就發現重倉正垂著眼注視自己的手邊。

重倉面無表情而且不看向直紀的模樣，乍看之下會以為他對這一番話不感興趣的樣子。然而直紀看得出來，重倉只是感到害羞而已。證據就在於重倉背後的黑色尾巴正氣勢十足地左右搖擺著。

「我並沒有做什麼值得讓你道謝的事情。」

聽他總算回上一句冷淡的話，直紀忍不住憋笑。尾巴明明就依然搖個不停，真虧他有辦法面不改色到這種地步，甚至令人佩服。

在他們說著這些話的時候，沙拉跟炸雞腿也送上桌了。鹽味跟醬燒兩種炸雞塊也滿滿裝在大盤子裡端了過來。

直紀立刻拿小盤子分裝牛奶洋蔥沙拉，也將重倉那份交給他。很快就將沙拉吃光的重倉，接著立刻咬下大塊的炸雞。沉默地咀嚼一陣子之後，這才像是想起對面還坐著直紀似的，說了一句「真好吃」。不用他多說，從尾巴的反應就能一目瞭然，而直紀也面帶微笑說「是啊」。

一邊吃著炸雞塊，重倉豎起耳朵注視直紀。明明面無表情，一旦加上狗耳朵的動作，看起來就像是一臉好奇心旺盛的模樣，很是令人感到不可思議。

向他問上一句「怎麼了嗎」，重倉便微微歪過頭。

「午休的時候，你來我的座位是有什麼事嗎？」

「嗯？沒有什麼事啦，只是總覺得重倉看起來好像很消沉的樣子，就想說不知道是怎麼了。」

重倉緩緩眨了眨眼，用手掌摸著自己的下巴。

「真虧你會發現這種事。我應該算是不太會表現出來的那種吧……」

「那當然是因為我一直看在眼裡啊。」

「看我嗎？」

重倉的尾巴豎了起來。從他平緩的語調雖然聽不太出來，不過看樣子好像是嚇到他了。直紀察覺自己說溜嘴，連忙補上一句：

「啊，沒、沒有啦，這不是奇怪的意思……！」

「什麼奇怪的意思？」

糟了，自掘墳墓。

看著態度狼狽的直紀，重倉微微瞇細雙眼。

「怎麼，有什麼難以開口的理由嗎？」

突然直搗話題核心，讓直紀覺得呼吸差點就要停止了。說不出話來的他，只是沉默地搖了搖頭。然而這個舉動似乎更加煽動重倉的好奇心。

「你是因為難以對本人開口的理由而看著我嗎？一直以來都是？」

「啊、唔……話、話也不是這麼說……」

重倉瞇細了眼看著說話不禁結巴的直紀。雖然那只是難以說是笑容的微妙表情變化，還是讓看得入迷的直紀不禁倒抽一口氣。那是帶著從容，甚至讓人感受到男人性感一面的表情。意料之外的突襲讓直紀幾乎為之眩目。

重倉在不禁語塞，一張嘴只能開開闔闔的直紀面前，若有所思地開口：

「也是啦……真柴的話，應該會看著我想說『不要用那麼高大的個頭擋住白板啊』吧？」

「……咦！」

「就是那個寫著業務部行程計畫的白板。從真柴的座位看過來，應該會被我擋著看不太到吧。你應該是心想，沒事幹嘛長得這麼大隻之類的對吧？」

重倉歪過頭說著「不是嗎？」。看樣子在重倉的認知中，「難以對本人開口的理由」是壞話那方面的樣子。

他應該完全沒有察覺直紀的戀愛情愫，但要是莫名被誤會也很讓人受不了。直紀拚命地搖頭否認。

「我、我才沒有那樣想！不如說，我一直很羨慕你這麼高大，也覺得你腳這麼長身材比例很好，還有因為肩幅很寬，穿上西裝之後背影看起來很漂亮之類的就是了！」

「你是這麼認為的啊。」

好不容易挺過一個關卡，直紀又學不乖地說漏嘴，便慌慌張張拿起手邊的柳橙沙瓦一口氣喝乾。直紀覺得自己臉頰到耳朵整個都發燙起來，但不知道這是酒精的影響，還是心情上的動搖所致。幸好重倉似乎認為是酒精的關係。

「你已經喝醉了嗎？」

「是、是啊，搞不好。不，一定是喝醉了！」

直紀態度強硬地說著「就當作是這樣」表示肯定之後，重倉的嘴邊就勾起微笑。

「好像是呢。」

一邊說著，重倉緩緩搖擺尾巴。

直紀被他那柔和的表情奪走目光，隨後只能生硬地垂下視線。用手背觸碰了一下自己的臉頰，果不其然熱得燙人。為了將這一切全推託是喝醉的關係，直紀搶先拉起防線，對重倉說：

「那……那個，我的酒品好像滿差的樣子，要是說了什麼奇怪的話，你都不要放在心上喔……」

「酒品好像滿差……的樣子？」

「我沒有很常喝酒，所以搞不太清楚自己的極限在哪裡。而且也很害怕看到極限……」

「你說的極限，是指喝到爛醉那樣嗎？」

「嗯……不，可能有點不一樣吧。以前大學的朋友跟我說過一些很恐怖的事。」

可能因為回想起那時的事，讓表情變得有些生硬的樣子，這也牽動重倉露出一臉認真的表情。

「我是三月生的，所以比同年級的同學還要晚才能喝酒[2]，因此問過比我早可以喝酒的朋友『喝醉是什麼樣的感覺？』。結果朋友說會像靈魂出竅一樣……」

重倉挑起一邊的眉毛。那表情看起來像是抓不到重點似的。直紀記得當自己聽到朋友那樣說的時候，也露出了一樣的表情。

「我是不曾喝醉到那種程度，但朋友說喝太多的時候靈魂會突然脫離自己的身體，感覺就像俯瞰喝醉並愚蠢笑著的自己。跟靈魂出竅一樣。」

直紀第一次聽到的時候，也覺得莫名其妙，想說應該只是那個朋友的體質比較特殊而已，然而身邊的其他朋友們也紛紛說「對啊對啊」「就是這樣」「感覺就像以別人的視角看著自己一樣呢」「真的是靈魂出竅」一致同意，這時他才發現原來體驗到靈魂出竅的感覺並不是罕見狀況，感到驚訝不已。

2 日本學制通常是四月到隔年三月出生的人為同一個年級。

「我不想因為喝太多而體驗到那種像是瀕死一樣的事情，所以平常喝酒時都會自制……重倉，你也有過這樣的經驗嗎？」

默默聽著直紀這麼說的重倉，依然面無表情地伸手遮住嘴邊，喃喃說著「這個嘛」。

「……是有過喝醉之後想要放肆狂歡一番，卻突然就冷靜下來的經驗。」

「那靈魂出竅的感覺呢？」

「不，這我就不太懂了。」

重倉有些遲疑地撇開視線，感覺好像很難開口似的悄聲說：

「真柴，你說的那些應該只是……你朋友在耍你吧？」

「咦！」

「就算喝到爛醉，靈魂也不會出竅喔。」

直紀不禁瞠目結舌。但大家都一臉認真說著「就是說啊，喝太多下場很恐怖喔」「酒醒的時候靈魂會像自由落體一樣回到自己身上」「所以喝醉的人才都會吐啊」之類的話。

將這些事情跟重倉說之後，他果斷地表示「並沒有自由落體的感覺」。

「真、真的嗎？喝醉不是因為漂浮感才吐的嗎？就像搭完雲霄飛車那樣。」

「我沒有因為漂浮感而吐過……」

「是這樣嗎！我還因為不敢搭雲霄飛車，所以都盡量克制不要喝酒耶。」

直紀不禁放聲這麼說，這讓終究還是按捺不住的重倉笑了起來。他的表情可以看出明顯的笑容，在感到怦然心動的同時，一記酒嗝也不禁衝出嘴邊。

「真柴，你朋友應該是擔心你喝太多，才會編出這種事吧。」

重倉雖然被逗樂地笑著，還是有替他圓場，然而直紀一下子因為得知多年來深信不疑的朋友們那一番話竟是謊言感到錯愕，又因為重倉的笑容覺得心臟像被揪緊了似的，更因為壓抑不住在絕妙的時機衝出來而且停不下來的酒嗝，沒辦法接話下去。

在直紀無能為力地一直打嗝時，重倉總算放下遮著嘴邊的手。

「真柴還真是有趣啊。」

「有、有呃……嗎？」

因為打嗝的關係，害得短短一句話也斷在奇怪的地方。重倉用至今見過最好懂的表情笑著，說「嗯」並點了點頭。

「跟你聊著聊著，就覺得很開心。」

直紀不禁睜大眼鏡後方的那雙眼睛。

畢竟原本以為重倉說不定會跟自己保持距離，這讓他感到更加開心也不禁頓時語塞。明明想這樣告訴他，卻只能發出「嗝」的一聲，不成話語。

重倉的臉上依然帶著笑容問道「要點杯烏龍茶嗎？」。看著那溫和的表情，讓直紀覺得不只是臉頰而已，連眼周也熱了起來。

（……好喜歡他。）

至今一直跟重倉保持距離，盡可能不要跟他對上眼才總算壓抑下來的情愫，感覺不禁就要自內心深處無止境流洩出來。

但這份情感要是被重倉察覺，想必再也不會像這樣兩人單獨出來吃飯了吧。直紀想避免走到這樣的結果。現在光是聽他說覺得很開心就非常足夠了。

（我不能再奢望更多……）

然而一旦像這樣互相對視，臉頰就會發燙到難以敷衍過去的程度，為了不讓重倉發現這一點，儘管酒量也沒有多好，直紀還是點了第二杯沙瓦。

午休時間，工作剛好告一段落的直紀停下手邊工作，往員工餐廳走去。

今天A套餐的主餐是薑燒豬肉，B套餐則是炸白身魚。直紀拿著餐盤，正在猶豫要排哪一種套餐的隊伍時，就看到重倉排在A套餐隊伍的最後一個。

重倉也注意到直紀，只見頭上的耳朵豎了起來。他朝直紀舉起單手打招呼時依然面無表情，尾巴卻在很高的位置搖擺起來。

本來要朝B套餐隊伍走去的直紀，就像受到重倉牽引似的走向A套餐隊伍。頓時間，重倉的尾巴動作劇烈地搖了起來。粗粗的尾巴左右搖來晃去，感覺都要能聽見切風聲了。

途中因為隊伍動了起來，重倉便看向前方。然而他的尾巴還在搖擺，而且一邊前進也越過肩膀回頭看向直紀。見到那樣像在等著直紀排到自己身後的舉動，讓他拚命抿緊雙唇。

（看來重倉其實滿喜歡跟別人一起行動呢。）

身材高大眼神又凶狠，全身都散發出令人難以親近的氛圍，然而每當重倉在跟人說話的時候，總是感覺很開心地搖著尾巴。不如說反當他自己獨處的時候，尾巴會感覺很寂寞地垂下來。發現這一點時，直紀覺得差點就要被那跟外貌的反差給殺了。

排在重倉身後，並清了清嗓向他說聲「辛苦了」。儘管重倉依然是語氣冷淡地回應一句「辛苦了」，尾巴卻還在大幅度左右搖擺著。像這樣直接感受到他散發出的好感，總覺得既害臊又開心，總之心臟都快受不了了。

自從發生我妻板金工廠的那件事情之後，直紀跟重倉交談的次數也增加了。說起來是直紀比較常主動跟重倉搭話。這些都是多虧可以看見他耳朵及尾巴的反應。

將套餐放到餐盤上，離開排隊隊伍之後，直紀就跟重倉一起走向有空位的桌席。坐在重倉對面的直紀朝著薑燒豬肉套餐雙手合十。

（小粽，謝謝祢。今天晚餐也會為祢附上一個甜點喔。）

直紀對著此時不在這裡的小粽深深低頭致意。在隔這麼遠的地方供奉食物也傳達不到小粽那邊，但他還是忍不住獻上這份感謝的心。

一邊吃著飯，直紀不斷偷瞄坐在對面的重倉。之前都只能在隔著一段距離的位子上悄悄注視他，現在竟然可以在距離這麼近的地方看他這麼久，實在是奢侈得不得了。再看下去筷子都要停下來了。現在根本顧不著吃飯。

就在直紀看著大口大口漸漸吃光盤中食物的重倉到入迷時，發現重倉的尾巴突然豎了起來。

才在想是怎麼了，就發現業務部的田崎課長正走經附近的座位。就算不是工作時間，他看到課長還是會感到緊張的樣子。這時，換作他的耳朵消沉地垂下來。

好像是沙拉裡的小番茄掉了。番茄是不是他喜歡的食物呢？

直紀將自己的那盤沙拉往重倉眼前推去，問他「要吃我的番茄嗎？」。

「我不太喜歡吃番茄。」

「……真的可以嗎？」

雖然面無表情，重倉的尾巴依然不斷搖擺。當他從直紀的碗盤中夾走番茄並喃喃說著「謝謝」的時候，臉上也浮現了淺淺的笑意。

要不是可以看見重倉的耳朵跟尾巴，肯定不會發展出這樣的互動。而且重倉也感覺很開心地搖著尾巴才是最重要的。

直紀瞇細眼看重倉咀嚼著番茄的樣子，卻暗忖「但是啊」並放下筷子。

（這不就跟窺視他人內心一樣嗎……？）

重倉本人沒有說出口的話，只要看他的耳朵跟尾巴就能知道。要是重倉知道自己身處這樣的狀態，會怎麼想呢？換作是直紀，一定很想將流露出內心想法的耳朵及尾巴藏起來。

單純為可以看得見重倉的內心而開心不已，直紀至今都沒有萌生過這樣的想法。因為自己想得如此不周全而感到難為情的他，在垂下視線的時候不禁看向眼前重倉的盤子。

薑燒豬肉幾乎都吃完了，卻唯獨將豬肉上頭的洋蔥夾到盤子的角落。看起來好像也不是想留到最後一起吃的樣子，這讓直紀不禁歪頭感到費解。

之前跟重倉一起去炸雞專賣店的時候，直紀點了牛奶洋蔥沙拉。那時重倉說沒有什麼不吃的食物，那盤沙拉也是很快就吃個精光了。

（這麼說來，狗不能吃洋蔥對吧……）

多虧直紀熟讀《從一舉一動看出狗狗心情》，多少知道有哪些食材不能給狗吃。其他像是花生跟巧克力之類的也要盡量避免。

難道是長出狗耳朵跟尾巴的關係，讓重倉的喜好也漸漸偏向狗了嗎？

（不，那也太荒謬了。）

當直紀對自己的想法一笑置之時，重倉便放下筷子。結果他還是沒有吃洋蔥。相對的，直紀大概只吃了三分之二左右的份量，便連忙扒起白飯塞進嘴裡。

本來吃東西就已經很慢的他還想了些事情，讓速度更是慢上許多。直紀把臉頰塞得像松鼠般鼓鼓的，瞄了重倉一眼。他現在也只能喝著水，看起來無所事事的樣子。

「重倉，你先回去辦公室沒關係。讓你等我吃完太不好意思了。」

「不，反正距離午休結束還有一段時間，沒關係。」

裝水的杯子喝完之後，重倉站起身走到擺設在員工餐廳角落的茶水機。不只自己的份，他也替直紀倒了一杯溫熱的綠茶，並再次坐回椅子上，默默喝著茶。

直紀也不再多說些什麼，繼續默默地吃著飯。雖然重倉說不介意，但讓對方等自己吃完飯還是會感到侷促。然而直紀一口的量小小的，再怎麼心急也遲遲吃不完盤中的食物。正當他越來越覺得焦急的時候，將手肘抵在桌上的重倉沉沉嘆了一口氣。

直紀嚇了一跳，畏畏縮縮地看向重倉。原以為他一臉煩躁在嘆氣，沒想到見到重倉抵著手肘朝自己看過來的表情，這樣的臆測全都拋到九霄雲外去了。

他單手拿著茶杯，另一手拄著臉頰看過來的那副神色，明明面無表情卻覺得好像帶著微微的笑意。

見他感覺很放鬆的樣子，直紀回想起《從一舉一動看出狗狗心情》當中的一段內容。當狗產生深沉的滿足感時，好像會呼出一道嘆息般的氣。

不禁忘記撇開目光而一直注視著重倉時，察覺直紀視線的重倉默默挑起了眉毛。那也是狗在發現飼主時會露出的表情。儘管知道重倉並不是狗，但在這個頭上長有狗耳朵的狀態下，還是會忍不住去找跟狗類似的地方。

這時直紀已經不再懷有想請他先離開的心情，相對的，他說出另一句話。

「……謝謝你在這邊等我。」

重倉依然拄著臉頰，沉默地眯細了眼。

那柔和的表情幾乎要讓直紀窒息了。何況還能看到重倉背後的尾巴正輕輕搖來晃去的樣子，更是讓他不禁咬緊牙關。

（不行，這樣只會越來越喜歡他而已……！）

沉默寡言的重倉展現出坦率的情感緊緊揪住了直紀的心。就算知道這可說是侵犯他人隱私，卻還是難以抗拒想看見他心思的誘惑。只要看了就會越來越喜歡重倉，進而又會撇開視線，回到惡性循環之中。

想靠意志力不要去看重倉的尾巴或耳朵實在太過困難，直紀為了縮小視野，便埋頭扒著飯碗，匆匆忙忙地吃完這頓午餐。

隨著時節變遷，日子來到五月，自從小粽出現之後，已經差不多過了兩個星期。

翻過一張月曆很快地就進入連假，直紀連續好幾天都帶著小粽去神社巡禮。

由於徒步可及範圍內的神社都已經去遍了，到連假經過一半的時候，便搭上電車前往距離遠一些的神社看看。

小粽總是很積極地想去各間神社看看。然而，直紀總覺得最近那個目的慢慢改變了，不知道是不是自己的錯覺。

「直紀，接下來去那裡！吾想去那間店！」

連假期間顯得很熱鬧的商店街上，響起了小粽興奮的聲音。

在察看神社的時候都乖乖以狗的模樣窩在直紀懷裡，當今天依然沒有任何收穫走出神社的瞬間，小粽就會化身為人，強拉著直紀的手前進。

銀髮金眼，而且全身上下還穿著純白衣服，外貌相當高調的小粽走在路上時，總會引來路人覺得稀奇回頭看的眼光。然而小粽完全沒有將那些視線放在心上，一心只顧著將直紀拉進附近的咖啡廳裡。

「瞧，那個放在店門口的看板！上頭寫著兔子喫茶館喔，我們去看看吧！」

「剛才去神社之前，我們不是已經去過一間咖啡廳了。今天不能再去了。」

「只點飲料的話沒差吧。反正吾不會點蛋糕。」

「聽好了，就算祢不吃不喝，兩個成人進到店裡，不可能讓其中一人完全不點餐好嗎。至少也要點兩杯飲料才行……」

「那點不就得了？」

完全沒在顧慮直紀的口袋深淺，小粽理所當然地這麼說。

通常小粽想去的咖啡廳平均消費都很高。無論咖啡還是紅茶，隨便一杯就要八百圓了，而且最少也要點上兩人份。要是再點個蛋糕或餅乾，兩三千圓轉眼間就會消失無蹤。要是連假期間一天到晚這樣揮霍，收假之後肯定會沒錢花用，更何況現階段錢包已經顯得很乾癟了。

雖然有向小粽這樣說明過，對方終究還是神的眷屬。當直紀以之後會沒錢生活為由表示不要再去咖啡廳，小粽就提出「既然如此，只要將吾身為神之眷屬的事實跟店裡的人說不就得了？遑論都要你付錢了，他們應該會樂於將店裡的甜點供奉上來吧」這種不得了的解決方案，這件事也就不了了之。

化為人形的小粽本來就很引人注目，要是毫不避諱被別人聽見說著這種話，不知道會招來怎樣的目光——光是想像一下就覺得坐立難安。而且小粽感覺真的會若無其事地這麼做才更是可怕。

直紀一直無法理解小粽為什麼這麼喜歡去咖啡廳，但根據本人的說法喜歡的好像是咖啡廳的氣氛。看那些聚集在店內的人們，都圍在一張小桌子旁和樂融融聊天的樣子，心情就會覺得很放鬆。

更重要的是，小粽很喜歡咖啡跟蛋糕。就算不用直接吃好像也能品嘗到滋味的樣子，甚至喜歡到平常就會纏著直紀要他買便利商店甜點類的東西回來。

「喂，直紀，要是再不去，吾的變身就快解除了。這是今天最後一次機會。只點咖啡就好了，你也可以把吾的份拿去喝喔。」

儘管直紀做出抵抗，化為人的小粽身材不但比直紀高，力量也比他大。更何況要是太過抗拒，小粽說不定真的會向店員自稱是神的眷屬。結果今天也無法拒絕到最後一刻，直紀還是跟祂一起踏入了兔子喫茶館。

更糟糕的是，兔子喫茶館店內採日式裝潢，點心類也全是和菓子。菜單上還出現了水仙粽，以此為名的小粽更是不可能視若無睹。祂就像個任性的孩子般不斷吵著「直紀！水仙粽！我要水仙粽！」，直紀只能屈服於店內的人無論如何都會看過來的視線，替小粽點了。這次的花費也是隨隨便便就超過一千圓。

吃完喝完，交給直紀結帳的小粽一副心滿意足的樣子走出店外。可以吃到心心念念的水仙粽，這也是理所當然。只是朝錢包裡看了一眼的直紀，表情顯得黯沉許多。

「……這下子晚餐真的只能隨便吃吃了喔。」

「要吃便利商店的飯糰嗎？好啊，點心就買布丁吧。」

「沒有錢可以買點心了啦……！」

朝著悲痛地這麼說的直紀看了一眼，小粽彎下修長的身子靠近他的臉說：

「你這是不把吾當一回事嗎？吾都替你實現願望了呢。」

「祢、祢每次都這樣說，但我也有在協助讓小粽可以回去啊……」

「然而你的行動都沒有伴隨結果不是嗎，遲遲找不到歸途。」

小粽貼近到幾乎要跟直紀的鼻子碰在一起的距離，並瞇細眼睛。那副容貌本來就端正到不可理喻，感覺都要敗給祂了。而且這裡還是人來人往的商店街，路人懷著好奇紛紛回頭朝兩人看過來的視線實在令人難為情。

「又不是多麼高貴的東西，別這樣吝於付出啊。」

小粽微微瞇起眼睛。祂就只有這種時候的眼神，看起來就跟盯上獵物的野獸一樣。雖然祂盯上的是布丁就是了。然而正當感覺快居服於祂的時候。

「……真柴？」

嘈雜又熱鬧的商店街喧囂之中，傳來一道熟悉的話聲。直紀嚇了一跳抬起頭一看，就隔著小粽的肩膀看見一樣一臉驚訝地望過來的重倉。

重倉穿著長褲搭配T恤這般輕鬆的打扮，怎麼看都是出來晃晃買個東西的樣子。可能是走在商店街上，碰巧看到直紀的臉就走了過來，他就站在小粽的正後方。

直紀看到重倉的休閒打扮呈現出跟穿西裝時不一樣的氛圍，差點就要興奮起來，卻趕緊讓自己冷靜下來。更重要的是，不知道重倉有沒有聽見自己跟小粽的對話。不過聽起來頂多只是小粽在吵著要吃布丁，應該不至於察覺祂的真面目是狛犬吧。

重倉交互看著直紀跟小粽，稍微皺起了眉間。他頭上的狗耳朵有點往後傾，尾巴也在很低的位置緩緩搖晃，是不是在警戒有著銀髮金眼的小粽呢？或許也在探究毫不避諱在人來人往的路上，把臉貼得這麼近的直紀他們之間的關係。

相對的，小粽一看到重倉的耳朵跟尾巴，好像立刻就發現他是直紀暗戀的對象。祂從喉頭發出「哦哦」的低喃，回頭看向直紀。面對這個狀況，那副表情完全是在看戲，直紀想著希望祂不要做些多餘的事，內心擔憂不已。

直紀推開小粽，盡可能讓重倉離祂遠一點，並挺身向前。

「嗨，這還是第一次在假日遇到你呢。來這邊買東西嗎？」

「嗯。只是去一下便利商店……我就住在這附近。」

直紀一向重倉搭話之後，他不再眉頭深鎖，表情看起來柔和許多。但他的耳朵依然是垂下來的狀態，並看向站在直紀身邊的小粽。

「……真柴，那位是你的朋友嗎？」

「唔、嗯，是啊……」

一邊回答，直紀思索著萬一他問起名字該怎麼辦。不管怎麼說，直接說祂叫小粽也太奇怪了。不，如果堅稱就是這樣的姓氏好像勉強說得通？搞不好若無其事地說出口，對方也不會覺得哪裡不對勁。

就在直紀想著這些事情時，小粽的手突然從旁邊伸過來，抱住他的肩膀。由於力道太大，讓直紀不禁撞上小粽的胸膛，他才正想出聲抗議時，小粽搶先一步開口說：

「不是朋友，吾是直紀的戀人！」

小粽這麼大聲宣言，不只讓站在眼前的重倉，就連剛好從後面走過去親子都回頭看了過來。

直紀一時之間無法理解究竟發生什麼事，就這麼被小粽抱著肩膀，呆站在原地。重倉的反應也相去不遠，只是睜大雙眼一動也不動。

「直紀，你說對吧？」

小粽語帶笑意這麼低語，這才回過神來的直紀使勁推開小粽的懷抱。

「不不不、不是，不是好嗎！」

當直紀慌慌張張回頭看向重倉時，他依然睜大著眼睛僵在原地。耳朵跟尾巴

都直直豎起一動也不動。看樣子是驚訝到說不出話來了。

處在一陣混亂之中的直紀說著「總之不是這樣！」，就抓住小粽的手，像是用拖的把祂帶離現場。總算將心情很好地朝重倉揮揮手的小粽拉進人煙罕至的巷弄內之後，直紀先是一把甩開接著揪住祂的胸口。

「祢、祢為什麼……為什麼要對重倉那樣說！我是這麼拚命地對他隱瞞自己的心意！」

小粽被直紀這樣抓著衣襟，還是一臉若無其事地答道：

「你喜歡的是那個男人吧？既然如此，當然要先讓對方知道你的性向才能更進一步啊。要不然對方也不會用那樣的目光看待你吧。」

「我、我不想被他知道那種事情啊！」

「為什麼？」

小粽打從心底露出費解的神情並歪著頭。

「你對那個男人抱持好感不是嗎？那為什麼不採取行動？難道你以為只要默默盯著，獵物就會主動走進你的射程範圍嗎？」

直紀沉默地搖了搖頭。說到頭來，直紀從來就沒有奢望過想跟重倉發展成戀人關係。他只希望至少能成為感情不錯的同事，也能跟他好好交談，這樣已經相當足夠了。

「如果知道我是同性戀，重倉就會跟我保持距離了啊！」

「要是只因為這點程度的事情就拒絕跟一個人往來，這種男人不要也罷。無論如何，這樣就能看清對方的本性也不錯吧。」

「我的意思是……」

不禁感到無力的直紀，鬆開了揪住小粽胸口的手。

小粽果然是神的眷屬。怎麼說也無法理解人世間的常識。

面對垂頭喪氣的直紀，小粽豈止不會反省，甚至還一副做了一樁好事般得意洋洋的樣子，回家途中也理所當然地要直紀買便利商店的布丁。

連假結束後，許久沒有上班的直紀一臉陰沉地走向辦公室。

休假期間直紀滿腦子都是在商店街遇見重倉時，他那副錯愕的表情。

重倉會不會盲信小粽的話，相信直紀有個男性戀人呢？他這個人應該不會到處跟身邊的人說這種事，然而往後要是對上眼，說不定會尷尬地撇開視線。光是想像一下就覺得挫折到腿都要軟了。

一進到辦公室，直紀沒有看向業務部那邊就在自己的座位就坐，立刻將電腦開機。平常他的心情會隨著重倉在不在業務部而起伏，但今天實在無顏面對。要是不小心對上眼，被他生疏地撇開視線的話，直紀不覺得自己有辦法重新振作起來。

在那之後，為了不讓周遭的狀況進到視線範圍內，直紀一心一意專注於眼前的工作。就算偶爾在眼角餘光會看到重倉的身影，但他還是裝作沒有注意到的樣子蒙混過去。重倉一度拿著文件，很明顯就是朝直紀的座位走過來，讓他一時之間直冒冷汗，幸好電話在這麼碰巧的時間點響起，直紀立刻接起來裝作沒有這回事。不過這樣閃躲的方式似乎太過露骨，重倉投來欲言又止般的視線，但最後還是將文件交給採購部其他同事便離開了。

就這樣勉強撐過早上，午休時也不去員工餐廳，而是到公司附近的便利商店買了營養餅乾去公園吃。下午依然把臉貼近電腦螢幕，硬是縮小視野埋頭於工作之中。

然而，就算做到這種地步還是出現了破綻。

時間快到傍晚時，直紀的肚子發出「咕嚕」的聲音。看樣子中午只吃個營養餅乾還是太勉強了。

那道聲音似乎也傳到坐在斜前方的水野耳中，她輕聲笑了笑並對直紀建議「去喝杯加了滿滿砂糖的咖啡吧？」。感覺咕嚕聲好像又要再次響起，直紀連忙離開座位朝茶水間走去。

結果，人就在那裡。在這個時間點，重倉就在茶水間裡。

看到重倉正在狹小的茶水間沖著咖啡的瞬間，直紀不禁發出哀號，差點就要逃離現場。

阻止他離開的正是重倉。一看到往後退去的直紀，簡直就像撲向獵物的野狼般身體轉了個方向，將直紀的手抓了過來。

被那隻大手緊緊抓住手臂，直紀發出不成聲的慘叫。無須多言，這當然是他跟重倉第一次直接的身體接觸。

儘管不過是被抓住手臂而已，但這對於沒有跟人交往過的直紀來說太過刺激了。看著搖搖晃晃靠上牆壁的的直紀，重倉這才感覺慌張地鬆手放開。

「抱歉，我一看到你像想逃開的樣子，身體就逕自動了起來……」

重倉脫口說出像是被狩獵本能驅使做出動物般舉止的解釋，在胸口兩側舉起雙手。

儘管直紀也放棄逃跑了，他還是無法直視重倉的臉。聽見小粽那樣說的重倉究竟會投來怎樣的目光，讓直紀光是想像都覺得害怕。

「……你是來泡咖啡的嗎？我順便幫你沖一杯吧。」

將已經注滿咖啡的杯子從咖啡機當中拿出來之後，重倉再替直紀沖了一杯。由於在這種狀況下拒絕也很奇怪，他便小聲地道謝。當兩人一起凝視著漸漸注入紙杯中的咖啡時，重倉語帶遲疑地開口：

「呃，真柴……連假時跟你走在一起的那個銀髮的人……」

直紀聞言不禁嚇了一跳，猛力抬起原本壓得低低的臉。

「那、那個！他是我的朋友！那只是在開玩笑而已！我也……就是……總之不是那樣！」

直紀不希望重倉因為他是同性戀就拉開距離，於是拚命解釋。

然而重倉頭上的耳朵微微抖動了一下，曖昧地將視線從直紀身上抽離。

「……那個人是你的朋友嗎？」

「當、當然是朋友啊，你不要真的以為他是我的戀人啦。」

直紀想辦法將這一連串的事情當成笑話掩飾過去，因此明明一點也不有趣，他還是出聲笑了笑。然而重倉依然一臉認真的表情，正面注視著直紀，沒有要讓他敷衍過去的意思。

「我沒有當真，但你們真的是朋友嗎？認識很久了嗎？」

重倉的表情莫名嚴肅，讓直紀只能收斂起尷尬的笑容。

「是沒有認識多久……但我把他當朋友啦。」

「真的？你沒有在勉強自己嗎？」

「勉強自己什麼……重倉，不然你覺得我跟他是什麼關係？」

直紀不知道是哪一點讓他這麼擔心。

儘管重倉表現出欲言又止的樣子，還是馬上就下定決心般開口說：

「那個銀髮男有沒有威脅你什麼？」

「咦？為、為什麼這麼問？」

重倉垂下眼，在開口前先說了「說不定是我聽錯」這個前提。

「在我跟你打招呼之前，他是不是在跟你要錢？」

直紀半張著嘴，回想起那一天的對話。在重倉向他打招呼之前，小粽應該正吵著要買布丁。當時被小粽說了「別這樣吝於付出」這種話，換個角度聽起來可能像是在要錢的樣子。

忙著回想當時記憶的直紀還沒做出回應，重倉就用沉重的語氣繼續說道：

「而且，我總覺得以你會交的朋友來說，好像有點太招搖了……就算你們真的是情侶，應該也不會在那樣人來人往的地方大聲公開才對吧。何況你看起來也滿傷腦筋的樣子，我才會想他是不是在找你麻煩……」

說著說著，重倉的尾巴有點沒自信地垂下來。他最後還垂著耳朵，說著「還是我誤會了……？」並試探地看了過來。

還以為他會追究關於同性戀人這件事，看來重倉只是在擔心直紀會不會是被品行不好的人纏上。

本來還很害怕重倉如果發現自己是同性戀，可能會主動拉開距離的直紀，見到他太過良善的反應，有種心靈得到洗滌的感覺。再加上見識到重倉多有度量，讓直紀更是按捺不住內心喜歡的情愫。

隔著襯衫，直紀壓住胸口按捺下怦然的心動，微微低著頭回答：

「別、別擔心。他只是有點愛開玩笑……對第一次見面的人，他一定會說出那種玩笑話。就只是這樣而已，我們真的是普通朋友……」

「……這樣啊？」

「嗯，不過，謝謝你替我擔——」

直紀眉開眼笑地抬起頭來，卻發現重倉的臉在比預想中還要更靠近的地方，不禁倒抽了一口氣。

不知不覺間，彼此的距離竟然已經湊得這麼近，重倉就站在幾乎要碰到直紀身體的地方，彎著腰注視直紀的臉。

直紀因為靠近到臉頰都能感受到對方呼息的距離而嚇了一跳，甚至忘記要退開身體。見他渾身僵硬在原地，重倉的臉又越靠越近。

「……是嗎？真的？」

「真、真……真的……」

他只能用細弱的聲音這麼說。重倉依然是一副認真的表情，臉還越靠越近。

直紀直到不久前還沒辦法好好跟重倉交談，光是從遠遠的座位上眺望他的側臉，就會覺得「今天真是個好日子」並細細享受這小小的幸福。沒想到現在竟然會像這樣跟重倉面對面，靠近到臉頰都能感受到彼此呼吸的程度。要是直接注視那張充滿男子氣概又端正的面容，感覺會不經意脫口發出奇怪的聲音，因此不知道眼神究竟要看向哪裡才好。

（這樣是、是、是要……是要怎麼辦……！）

一想到要是錯過這次機會，就再也沒辦法跟重倉靠得這麼近，心裡就覺得想再保持這樣的距離久一點，又覺得要是繼續在這樣的距離下注視彼此，說不定會引發心臟肌肉疲乏，實在很可怕，但終究還是覺得要自己推開重倉很可惜，讓直紀的心紊亂不已。

就在這樣掙扎的時候，原本直線朝著直紀的臉靠過來的重倉忽然間換了個方向。他的鼻子湊向直紀的肩膀附近，嗅了一下氣味。

（……什、什麼？為什麼要聞味道……難道是我身上有怪味嗎？）

會不會是不好意思直接說出口，才用行動來暗示？如果真是如此，直紀覺得他既溫柔又很替人著想，這樣的一面也很令人動心，然而現在顧不得這種事情了。

就算回想著中午到底吃了什麼，也只記得除了便利商店買的餅乾，就沒有再吃其他東西。西裝也有拿去乾洗，直紀實在想不到還有什麼原因會讓自己身上沾染到異味，然而重倉卻還在不斷嗅著直紀的味道。

重倉這番莫名的舉動，讓直紀感到很傷腦筋。應該說，會這麼不怕難為情地聞著他人身上氣味的重倉才比較奇怪吧？又不是狗——

思及此，直紀看見重倉頭上長出來的狗耳朵。看著那裡還覆有感覺很柔軟的黑毛，直紀不禁在內心暗忖著「是狗」。

如果是狗，想試探對方狀況時，應該會聞氣味吧。就重倉來說難以理解的行動，若是站在狗的立場看來就不奇怪了。

（難道不只是外表而已，就連行動也會越來越接近狗嗎……？）

這件事令人難以置信，但光是看到重倉長出狗耳朵及尾巴那時起，就已經發生夠令人難以置信的事情了。當直紀錯愕地睜大雙眼，重倉的一道呼息就呼在他的脖子上。

那股溫熱的觸感讓直紀整個人都差點跳了起來時，重倉就像把整張臉都埋進他肩膀似的，聞著他脖子散發出來的氣味。

收斂到勉強讓腦子可以思考的平常心，立刻被轟得灰飛煙滅。重倉的呼息輕輕撫過脖子，讓直紀差點發出哀號。

（太、太近太近太近了！）

這根本已經十分接近擁抱的程度。連重倉頭髮的味道都能飄入鼻腔，讓直紀不禁屏息那個瞬間，直到剛才都還保持沉默的肚子發出了響亮的聲音。

「咕嚕嚕嚕——啾嚕——」最後像是再三叮囑般特別嘹亮的肚子叫聲，響徹了茶水間。

剛才還將鼻尖靠向直紀肩頭的重倉抬起臉，朝他這邊看過來。好像都能聽見眨眼的聲響般極近距離之中被注視的動搖，再加上被聽見肚子叫聲的難為情，讓直紀雙頰發燙到像要燒起來了。看他這副模樣，重倉不禁輕聲笑了出來。

溫和的笑聲撫過臉頰，讓直紀倒抽一口氣。才想著重倉最近總算一點一點會對自己露出微笑，但這還是第一次看到這麼明確的笑容。直紀注視著那個表情，幾乎都忘了要呼吸。

「你沒吃午餐嗎？」

嘴邊還帶著笑的重倉這麼一問，直紀便生硬地點了點頭。途中眼鏡還滑落到鼻梁，他裝作要推眼鏡順勢用單手遮住自己的臉。現在，自己的臉肯定紅得徹底。

「我、我姑且有吃餅乾之類的東西，但是……」

「就吃這樣而已？你今天這麼忙啊？」

「不，就是……連假期間花太多錢了，直到發薪之前都得省著點用才行。」

實際上，連假期間確實因為陪小粽到處上咖啡廳，花費比預想中還要增加許多。直紀現在也是真的想盡量減少支出。

重倉收斂起笑容之後，露出沉思的表情組起雙手。

「距離發薪還有好一段時間，真的沒問題嗎？有空的話，今晚我請你吃飯吧。上次最後還是各付各的，我也還沒給你我妻先生那件事的回禮……」

「不不不，不用讓你破費啦……！」

就算重倉沒有來找直紀幫忙，採購部還是必須向我妻拜託縮短交期，沒有道理受他感謝到這種地步。

重倉先是背對直紀，將早就裝好咖啡的杯子從咖啡機拿出來，交到他手中。

「……不然，要不要來我家吃飯？」

直紀一邊接過杯子，複誦問上一句「你家？」。

「嗯。我老家動不動就寄米過來，但我又不太開伙，怎麼吃都吃不完。前陣子也收到將近三十公斤的米，要是放太久就會長蟲了。」

直紀語氣微弱地說著「但是」做出反論。當他正想說這樣不太好的時候，重倉就像不讓他有機會拒絕一般接著說下去：

「這真的讓我很傷腦筋。你如果可以來幫忙消掉一點，我會很感激。」

說到這個份上也很難再拒絕。直紀有點猶豫還是點頭答應之後，只見重倉背後的尾巴直挺挺豎了起來。

「謝謝，這真是幫了我大忙。」

重倉雖然是用低沉穩重的聲音這麼說，背後的尾巴卻激動地搖擺著。得知重倉內心其實高興到從表情難以想像的程度，讓直紀感到目瞪口呆。他是不是真的對於米吃不完感到很困擾呢？如此一想也沖淡了些愧疚感，欣喜的心情相對地一點一點湧上。

「那麼，下班之後就讓我去你家叨擾囉……？」

「當然。我家就在連假時遇見的那個商店街附近。離你家會不會有點遠呢？」

「沒多遠，我家也在那一條路線上。」

期待與緊張感交雜在一起，感覺聲音都有些拔高了。直紀感到難以置信。從沒想過重倉竟然會約自己到家裡。自從小粽出現之後，跟重倉的感情也越來越要好了。

「那就下班見。」

這麼說著，重倉便率先走出茶水間。還一邊使勁地搖著尾巴。

直紀感覺很不真實地目送他的背影，這才渾身無力靠上背後的牆壁。

可以去重倉家玩。而且重倉自己也感到很期待。雖然對他來說應該只是約同期的同事到家裡而已，並沒有想太多，但對直紀來說還是太棒了。

（我真的可以沉浸在這種幸福之中嗎……）

重倉離開之後，心臟依然像是全力奔跑之後一樣跳得很快，興奮也取代了飢餓感。回過神來才發現忘記將砂糖跟牛奶加進咖啡，直紀只好就這麼喝完一杯黑咖啡了。

自從察覺自己的戀愛對象是同性之後，直紀沒有對任何人坦言過自己的情愫。都是在心中悄悄萌芽，然後悄悄埋藏心底。一再反覆這個過程。

因此當然從來沒有跟其他人交往過，約會的經驗也是一次都沒有。一旦喜歡上一個人就會過於在意這件事，總是無法靠近對方，連一般的對話都辦不到。

畢竟是在這樣的前提下，光是下班之後跟重倉結伴走在夜路一起回家，對直紀而言都是一大事件。

上次一起去炸雞專賣店的時候，兩人也是並肩走在夜路上，但那間店距離公司只有十分鐘左右的路程。這次同行的時間可是那次的兩倍以上。不只走路還搭了電車，在人擠人的車廂內碰上重倉的肩膀時，直紀甚至感到一陣頭暈目眩。

直紀因為太過緊張沒有開口聊些什麼話題，但對於本來就寡言的重倉來說，似乎不太在意這樣的沉默。這一路上，他的尾巴一直都搖個不停，感覺心情很好的樣子，可說是唯一的救贖。要是看不到那條尾巴，說不定在抵達重倉家之前就會感到挫折，隨便找個理由逃回自己家去了。

在上次跟小粽一起來過的車站下車後，穿過那條遇見重倉的商店街。途中在商店街的熟食店買了炸物，就朝著重倉住的公寓走去。

離開商店街大概走個十分鐘。重倉的租屋處就在一棟兩層建築式公寓的一樓。

被約來單戀對象的家裡，直紀一臉緊張地脫了鞋子。先進到家裡的重倉轉過身對著他說「抱歉，家裡還滿亂的」。

這一間套房的家裡就像他本人事先說的，凌亂程度跟一般獨居的成年男性差不多。窗簾桿掛著洗好曬乾的衣物，房間一隅還積了一堆週刊雜誌。看到那張睡亂的床時，直紀總覺得好像看到什麼不該看的東西，心跳加速地撇開視線。

「你隨便找個地方坐吧。我去煮飯。」

重倉將自己跟直紀的西裝外套掛進衣櫃之後，就回到位於連接玄關及房間的走道旁的廚房。

直紀在擺放於房間中央的矮桌前坐下，卻還是感到坐立難安，便朝著廚房探頭看去。

「我、我去幫個忙吧？」

「不，沒關係。是說，吃調理包的咖哩可以嗎？這也是老家寄了很多過來。」

「當然好啊，我就不客氣了。」

廚房裡隨意擺著感覺是從農家直接寄送過來的茶色米袋。一問之下重倉老家好像是開米店的，寄來的米也真的多到吃不完。

重倉捲起襯衫袖子，動作俐落地洗著米。只不過是看著這樣的動作，心跳就快到幾乎令人難以呼吸。真想一直這樣看下去。

「飯大概再二十分鐘就會煮好了，你等一下吧。這段時間要先吃點可樂餅嗎？家裡也有啤酒可以配……但你不太喝酒對吧。」

「沒、沒關係，你不用招呼我……呃，我看我還是去幫個忙好了。」

乖乖待在那邊就會覺得心臟跳動的感覺傳遍全身，身體好像都要跟著跳動起來，於是直紀還是站起身走向廚房。

當直紀站到重倉身邊時，才發現在狹小的廚房裡肩並肩對心臟也不太好。儘管覺得自己做了傻事，但要是再回房間好像也很蠢，直紀便裝作平常心幫忙準備晚餐。

話雖如此，要做的事情也只有將買來的炸物拿去烤箱加熱，將調理包的咖哩倒在盤子上拿去微波而已。

還想著應該很快就會沒事做的直紀，在這之後便領悟到平常不開伙的人，要是踏進廚房準沒好事。

當他將重倉說平常沒什麼在用的盤子拿去稍微洗一下的時候，好像有股燒焦的味道掠過鼻腔。心裡才想著「是什麼的味道？」時，重倉就從身後抓住他的肩膀。

「真柴，烤箱冒火了。」

「咦！」

直紀驚訝地回頭一看，確實一如重倉所言，用來加熱炸物的烤箱裡冒出一點一點小小的火光。

「為、為什麼！」

「應該是有油滴到加熱器上了吧。更重要的是，在這種狀況下可以打開烤箱嗎？要是有新鮮空氣跑進去，是不是會助長火勢所以不行？」

「呃，我、我也不太確定耶，但無論如何，總之要先把烤箱關掉才行……！」

重倉說著「也是」朝烤箱開關伸出手時，室內的照明突然間就完全斷電。

「咦？」

直紀跟重倉的聲音完美重疊了。在一片黑暗之中，只有烤箱內燃燒著的零星火花，朦朧地照亮彼此的臉。

「……停電嗎？」

「不，應該是斷電吧。可能是同時使用了電子鍋、烤箱及微波爐的關係。」

「啊，但是你看，烤箱裡的火好像快熄滅了。」

「糟糕，如此一來就失去光源了。」

悄聲喃喃道出的這句話讓直紀睜大雙眼，接著就放聲笑了出來。

「不，就算沒有這種光源，看是要打開手機的手電筒還是其他東西都可以用吧。」

「……真柴，你還真是冷靜。」

「咦，難道你剛才不是在開玩笑嗎？」

當直紀這麼問的瞬間，烤箱裡的火花消失，也就完全看不見重倉的表情。說不定他其實是認真的。

雖然在那之後立刻重啟了總開關，卻不知道原本正在煮飯的電子鍋，在經歷斷電之後是不是還能順利將米煮熟，直紀也只能跟重倉面面相覷。

「電子鍋姑且有在運作的樣子。」

「……你覺得可以打開來看一下嗎？」

「唔，還、還是先不要吧……？」

「這個電子鍋煮飯的狀態會變成怎樣啊？是會重啟設定，把斷電前的事情都當作沒發生過，再重頭煮一次飯嗎？這樣會不會煮過頭啊？」

「飯煮過頭是什麼意思……？」

兩人再怎麼議論也得不出結果，最後就到電子鍋廠牌的官方網站確認了一下，得知只要內建電池可以正常供電，就算在停電的狀態下也會繼續煮飯的消息之後，總算鬆一口氣。

好不容易準備好晚餐，將兩人份的咖哩飯跟炸物放上矮桌時，心情就像完成了一樁大事一樣。

「抱歉，只是弄個調理包的咖哩飯，卻花了這麼多時間。」

「不會啦。我也很久沒像這樣跟別人一起做飯了，感覺很開心。」

解決突發狀況的期間，直紀的緊張感也放鬆不少，他面帶笑容雙手合十說完「那我開動了」，就吃了一口咖哩。

「嗯，好好吃。飯也煮得剛剛好。」

「……那就好。都是多虧了內建電池呢。」

「我一直以來都以為那個電池沒什麼用，沒想到真的會派上用場。」

兩人一邊閒聊著，相互笑了笑。當緊張感褪去之後，內心只湧上開心的心情，就直紀來說難得在吃飯的時候說這麼多話。重倉也瞇細眼，一邊緩緩搖著尾巴做出附和。

重倉也享受於這樣的時光讓直紀感到很開心，他的表情一直都是笑咪咪的。

一想到吃完飯就要回家讓他覺得相當可惜，舀起湯匙吃飯的動作也跟著慢了一些。途中重倉打開電視，所以就算對節目內容不太感興趣，卻還是跟著做出各種評論，藉故停下吃飯的動作。

不知道是不是錯覺，但重倉看起來也吃得比平常還要緩慢。他在員工餐廳吃飯時，總是一下子就吃個精光了。會不會只是因為在家吃飯，顯得比較悠哉呢？直紀就連在吃飯的時候，滿腦子想的都還是重倉。

然而無論想再怎麼拖延時間，花個三十分鐘還是會吃完這頓晚餐。感覺惋惜地吃下最後一匙咖哩飯，直紀在胸前雙手合十。

「多謝招待。真的很好吃。我至少幫你洗個碗吧。」

「不，這種事情……」

直紀堅持地說「沒關係啦」並露出笑容，拿著吃完飯的盤子站起身來。

一邊在廚房洗著碗的時候，直紀不禁有些後悔地想「這麼做是不是有點太強勢了」。既然都已經吃飽，直接回家不就好了，卻還是為了想在這個家裡多留一陣子，主動說出自己來洗碗這種話。

（……要在被他發現自己別有居心之前趕快回家。）

洗完碗之後，當直紀甩著溼答答的雙手時，重倉也來到廚房。他拿給直紀一條毛巾，並打開放在廚房一隅的冰箱門，拿了罐裝啤酒出來。

重倉接著又拿了一瓶，朝著直紀看過去。

「……一杯就好，要不要陪我喝一下？」

意料之外的提議讓直紀不禁睜圓雙眼。唯獨這時，就算不看重倉的耳朵及尾巴，也能知道他臉上帶著緊張的神色。明明表情也沒有多大的變化，不知道是不是因為跟他相處這一段時間，漸漸能夠理解他的臉色了呢？一想到他是要挽留自己就覺得開心不已，在思考之前不禁先點頭答應。

重倉大幅度搖起尾巴。然而直紀的視線已經不需要看向那邊。重倉笑彎雙眼的表情看起來就是一副很開心的樣子，沒必要再看尾巴了。

直紀不禁倒抽一口涼氣。毫無防備地看到這抹笑容，讓他以為自己心臟都差點要停下來了。真想稱讚自己沒有當場腿軟。

（重倉會不會其實是個怕寂寞的人呢……雖然外表那樣……天啊，真是……好喜歡！）

跟重倉一起回到房間的直紀，在矮桌前坐下之後，憑著一股勁打開啤酒罐的拉環。雖然不太會喝酒，但他不覺得此時有辦法在沒喝酒的狀態下撐過去。感覺就會說溜嘴。打算等一下不管發生什麼事都要說是喝酒害的，拿著啤酒就灌了起來。

「……真柴，你不是不太會喝酒嗎？」

「嗯。不過，機會難得嘛。」

重倉只說著「可別太勉強喔」，自己也喝起了啤酒。

一回到家就解開領帶，也解開幾顆襯衫的釦子，此時重倉的脖子周遭已經是很放鬆的狀態。跟在公司不同，現在這種完全是私人的氛圍，再加上被露出來的喉結上下動作的樣子奪去目光，讓直紀連忙轉頭看向電視。

（糟糕，我已經不知道該用怎樣的眼神看待重倉才好了……！）

要是對上眼，感覺無論內心的情愫還是別有居心的念頭都會被察覺，直紀只好一直看著一點興趣也沒有的電視節目。

過一段時間之後，重倉喝完了第一罐啤酒。直紀還喝不到三分之一，可見重倉喝的速度有多快。他站起身走向廚房，又拿了一罐新的啤酒回來。才想著「也沒有配什麼下酒菜，他還真會喝啊」的時候，之前都坐在直紀斜前方的重倉，不知為何來到直紀身旁。

（…………咦？）

重倉沒有說任何話，也沒有一絲抗拒，理所當然地坐在直紀旁邊。就在彼此的肩膀都要碰上的距離。

直紀沒有看向重倉，心慌意亂地開始思考起來。

（為、為、為什麼……啊，是因為看不太到電視嗎……？）

直紀坐在電視的正前方，床就放置在身後，因此也能當作靠背使用。重倉平常想必都是坐在這個地方看電視的吧。應該是因為這樣，才會下意識在家中的固定位置坐下來吧？

（會、會有這種事嗎，有吧……有嗎？真的？……不，沒這種事吧！）

就在直紀不知道這究竟是怎麼回事而驚訝不已時，重倉整個人朝直紀靠了過來。才想說左半身感覺到一股柔軟的重量，就發現重倉的頭正靠著肩膀，讓直紀整個人都僵住了。

腦海中已經想不到任何言語，只有一個巨大的驚嘆號占據直紀的思緒。

現在到底發生了什麼事？難道是重倉突然感到身體不舒服，是在對自己發出求救訊號才會靠上來嗎？想到在所有情況當中可能性最高的狀況，直紀總算看向了重倉。

當他正想叫出名字時，嘴唇卻不禁僵住。

頭靠在直紀肩膀上的重倉，很是一臉相當放鬆的模樣。

雙腳自然伸直，也沒有打開啤酒拉環，就只是用雙手拿著的重倉，正悠哉地看著電視。他的尾巴像在划船一樣緩緩搖晃，臉上的表情看不出任何一點緊繃的情緒。

直紀的視線無法從他這樣在公司絕對看不見，打從心底放鬆的表情上頭抽離。而且並不討厭身體靠在一起，也說不出要他離遠一點這種話。豈止如此，右半身漸漸傳來重倉的體溫，讓直紀感覺舒坦到都要神魂顛倒了。

當他沉默地注視著的時候，重倉忽然間看過來。

才在想這麼靠近的距離對上眼的話，再怎麼說重倉應該都會回過神來才對，然而他的舉動完美地背叛了直紀的預想，嘴邊不但勾起微笑，頭甚至還輕輕蹭起直紀的肩膀。

這個瞬間，直紀發出像是在極近距離遭受槍擊的人般，痛苦喊著「咕啊」的聲音。沒想到身材高大又總是板著一張臉的重倉，竟然會做出這樣撒嬌的動作。這帶來的衝擊太過強烈，讓他覺得好像都要吐血了。

直紀顫抖著嘴唇並持續看向重倉。然而重倉的態度卻依然故我，身子靠著直紀，只是心情很好地搖著尾巴。

（他難道是……喝醉了嗎？）

雖然因為他的臉色完全沒有改變而沒有發現，但應該也有這種可能性吧。

在陷入沉思的直紀面前，重倉動了動他的狗耳朵。因為頭就靠在肩膀上，那對耳朵近在前所未見的距離。長著柔軟狗毛的耳朵感覺摸起來很舒服。之前就一直很想摸看看了，現在近在眼前，讓直紀的手指不禁蠢動起來。

現在這個狀況下，是不是可以隨便找個頭髮沾到髒東西之類的理由摸一下呢？暗忖著摸一下下就好，直紀便伸出了手。

一碰到那對黑耳，他的耳朵感覺就像要逃開一般往後倒去。只碰到那樣柔軟的感觸一個瞬間，直紀的手也追上去。緩緩摸過從頭髮間可以看見的耳朵之後，重倉輕輕甩了甩頭，並看過來。

直紀連忙抽回手，膝蓋也朝著胸口靠近縮起身體。這樣做還是太過頭了。就在他正想道歉的時候，重倉將手放到直紀的膝蓋上。輕輕握起手放上膝蓋，並緊緊注視過來的那副身影，讓直紀產生非常強烈的既視感。

這是小粽偶爾會對直紀擺出的動作。大多是閒來無事的時候，又或是希望直紀替祂做點什麼事情，還有希望直紀能陪祂玩時的姿勢。根據《從一舉一動看出狗狗心情》的內容，狗狗這樣舉起前腳的動作，似乎是想跟飼主撒嬌時會做出的舉動。

之前還想著小粽明明是神的眷屬，還是會做出跟狗一樣的動作真是有趣，但重倉該不會也是基於一樣的原理這麼做的吧？

（還是說，因為長出耳朵跟尾巴，所以連思考模式都跟狗相近了，是嗎……？）

曾在公司茶水間一閃而逝的疑問再次於腦海中浮現。在他暗忖著「不，怎麼可能」並換了個想法時，重倉還是朝著直紀的肩頭蹭了過來。

「哇、哇啊，等、等一下……！」

重倉面帶微笑，鼻子也朝直紀的頸項間蹭了過來。雖然因為身體緊貼著而不禁屏息，他的動作卻沒有散發出那種性方面的氛圍。總覺得只是純真地用全身來表達好感。然而……

（這果然是狗才會有的行動吧！）

儘管不知道原因為何，重倉的舉動完全是偏向狗的行為。

原因會不會在於長出了狗的耳朵及尾巴呢？說不定跟他喝了酒也有關係。人待在家裡感到放鬆可能也是理由之一。

總之，現在的重倉就跟狗一樣。從他的表情看來，感覺只是很放鬆，私人空間比平常狹小了一點而已，並沒有其他意思吧。就跟小粽會興沖沖地跑到腿上來

一樣，身體會這麼靠近，也不是有什麼特別的含意。

但就算明白是這樣，對於喜歡重倉的直紀來說，這個狀況還是太過刺激了。

重倉吐出的呼息撫過脖子，讓直紀發出拔高的聲音。

「重、重倉，那個……我、我差不多要——！」

正當直紀要說出「回家」二字的時候，靠在右半身的重量突然增加。直紀的身體承受不住，漸漸往旁邊歪去。感覺好像要就此倒下，幸好單手有及時抵上地板勉強撐住。不明所以地看了一下重倉的模樣，才發現重倉閉著雙眼，還發出沉沉的打呼聲，令他感到難以置信。

直紀不禁瞠目結舌，小心翼翼地靠近重倉的臉。然而重倉依然沒有要睜開眼睛的樣子。他的打呼聲很平穩，看樣子是真的睡著了。

（睡著了……？在這一瞬間就睡著了？還是說，他剛才是半睡半醒的狀態……？）

重倉的頭靠在直紀胸口，發出平穩的打呼聲。他看起來睡得相當安穩，甚至讓直紀有點不想叫醒他。但支撐著兩個人體重的手臂這時開始顫抖起來，直紀只好伸出另一隻手輕輕拍了拍重倉的肩膀。

就在直紀的指尖伸至快要觸碰到重倉肩頭的那個瞬間，發生了異樣的變化。

直到剛才還平靜地打呼的重倉，猛然睜開雙眼跳了起來。他乘著這股氣勢翻過身，從直紀身上跳開。

那舉動簡直就跟野生的野獸一樣。啞然撐起身體的直紀，目睹了更令他感到錯愕的光景。離開直紀身邊，一路退到房間角落的重倉，齜牙咧嘴地發出低吼。

「重、重倉……？」

一叫出名字，他又吼得更大聲了。

重倉的雙手跟膝蓋都抵著地板，四肢著地並壓低身軀。他凝視直紀的雙眼激動地布滿血絲，感覺就像要立刻衝過來似的。

重倉的表情認真到一點也不像在開玩笑，這也讓直紀難掩困惑。

「重倉，你怎麼了……？身、身體不舒服嗎……？」

即使朝他這麼問，重倉也只是一味低吼著，沒有做出回答。

當直紀不知道該如何是好地動了動身體，重倉的吼聲又更凶狠了一些。他的雙手變成撐著體重向前傾的姿勢。

直紀緊張得嚥下口水。

直到不久前，還以為重倉是變成狗的狀態，看來並非如此。

這才不是狗。而是像狼那樣的肉食野獸。

不知不覺間，直紀的呼吸變得淺短。近在眼前的明明是重倉，他卻覺得就像在跟某個可怕的存在對峙般，背部更沁出了冷汗。

直紀總之試著表達出自己沒有敵意。要是隨便出聲可能會刺激到對方，因此只能用態度來想辦法表達這一點。

想得到的行動只有一個。直紀一點一點舉起雙手並敞開胸膛，背部靠上床邊做出稍微後仰的姿勢。他露出全身上下最為柔軟的腹部，做出所謂服從的姿勢。

重倉像在威嚇一般不斷低吼看著直紀的舉動，就在他露出肚子的瞬間，低吼的聲音突然停了下來。

直紀只用眼神看了過去，悄悄確認重倉的狀態。

重倉緩緩撐起壓低的身體，依然維持四肢趴地的動作緩緩靠近直紀。他伸長脖子，鼻尖靠近直紀的胸口附近，並嗅了嗅氣味。大概是還在保持著警戒，他的身體維持在往後退的樣子，更伸長了脖子，臉也從胸口移動到喉頭。

呼息撒在脖子上，讓直紀覺得有生命危險。應該是不會，但要是被咬住喉嚨可就沒戲唱了。當他只是一味乖乖待著不動時，重倉的鼻尖就埋在直紀的頸項間，不斷抽動鼻子嗅著他的氣味。

這短短幾秒鐘感覺格外漫長。當直紀就連額頭沁出的汗水都無法擦掉，不敢輕舉妄動的時候，眼角瞥見重倉搖起了尾巴。

把臉貼上直紀的脖子及肩膀的重倉，尾巴正甩個不停地搖晃著。

重倉一抬起臉來對上直紀的視線，直到前一刻都還表露無遺的敵意就像是假象似的，臉上露出溫和的笑容。

儘管因為他的表情變化太過唐突而感到驚訝，看樣子當前沒有再展現敵意了，這讓直紀鬆了一口氣。

不知道是不是察覺自己嗅著味道的人正是直紀，重倉的態度一大轉變，身體相當親密地靠過來。說不定他是因為在毫無防備睡著的時候突然被人觸碰，才會嚇一跳。

提心吊膽地試著伸出手之後，重倉的頭就朝掌心蹭了過來。簡直就像要人撫摸一般。

看到這樣撒嬌般的動作，直紀也不禁莞爾。似乎忘了剛剛才被那樣威嚇，只覺得這副身影可愛得不得了。雖然試著叫一聲「重倉」，他卻只是費解地歪頭，沒有做出回應。看來是沒辦法用人類的話語溝通的樣子。即使如此，他還是知道直紀的注意力放在自己身上的樣子，眼神中帶著期待看了過來。

平常不會見到重倉這副模樣，讓他覺得心跳飛快到幾乎要無法呼吸。難以抵抗想好好讓他撒嬌一番的衝動，直紀索性伸手搔弄重倉的頭。
重倉像在嬉鬧般縮起脖子，一邊搖著尾巴撲向直紀的胸口。
「哇……！等等……」
重倉高大的身體壓了上來，相當沉重。但直紀並不討厭。反而感到怦然心動。他用全身承受重倉的體重，心臟更是跳到都要痛了起來。
喜歡的人就近在觸手可及的地方。一旦產生這個念頭，他就想伸出雙手緊緊抱住重倉。然而直紀靠著意志力強壓下這股欲望。
重倉的狀態並不正常。雖然不知道原因為何，但自己不能在這種狀態下為所欲為。這就像是沒有經過對方同意，硬是緊緊抱住喝醉到失去意識的人一樣，稱不上是你情我願。
對於直紀這麼拚命維持理性渾然不知的重倉，一邊搖著尾巴將臉埋進他的頸窩。就在直紀覺得這下子真的要趕緊該阻止他才行的時候……
有股溫暖的觸感碰上臉頰，讓直紀不禁睜開雙眼。他僵住不動，只有視線瞥過去一看，只見剛才將臉埋進頸窩的重倉，現在正用臉頰靠上直紀的臉。
兩人臉頰貼著臉頰，也就是所謂貼面禮的姿勢。臉頰柔軟的觸感帶給直紀莫大衝擊，讓他一根指頭也動彈不得。

頰。

重倉這時抽動鼻子，才離開直紀的臉，接著沒有任何遲疑地舔了一下他的臉頰。

直紀的喉頭發出倒抽一口涼氣的聲音。像是海嘯襲來之前海浪會一口氣往後方退去一樣，空氣就這麼吸進肺部的深處。下個瞬間，從直紀口中迸發出來的是不成話語的喊叫。

就連直紀自己也不知道究竟是喊了「哇啊！」還是「呼嘎！」。實際上喊得更久，幾乎是臨死前哀號的聲音響徹這個家裡的瞬間，重倉的表情突然變了樣。

重倉露出回過神來的表情，緩緩從直紀身上撐起身子。他就像是剛從夢中清醒一般環顧四周，發現自己的姿勢是正壓在直紀身上，這才連忙抽離身體。

「對不起，我是睡昏頭了嗎……？」

這麼說著，重倉摀住嘴邊。

聽見重倉說出人話，直紀總之先鬆了一口氣，動作尷尬地重新坐回原本的地方。

看樣子重倉對於自己做出像狗一樣的行為一點自覺也沒有。既然如此，也沒必要特地跟他明講，直紀便用拔高的聲音回答「應該吧」。

重倉依然摀著嘴邊，看了矮桌上頭一眼，注視著那個空啤酒罐。

「抱歉，我平常不會因為一罐啤酒就喝醉的……」

「不，你別放在心上。那個，我也差不多該回去了。」

直紀搖搖晃晃站了起來，重倉便一臉擔心地拿出他的西裝外套。接下並穿好之後，直紀微微低著頭走向玄關。

在他綁鞋帶時，重倉在後方對他說：

「真柴，抱歉……你真的沒事嗎？」

雖然不知道自己做了什麼，重倉似乎有發現直紀看起來不太對勁。聽他擔心地這麼問，直紀盡可能用開朗的語氣回應：

「沒事啦，你不用擔心！比起這個，晚餐多謝你的招待了。真的很好吃。」

勉強自己揚起笑容轉頭看向重倉，直紀說了一聲「謝謝」。

重倉一副欲言又止的表情，但直紀就這麼結束對話離開公寓。

離開公寓的範圍踏上夜路，穿過那條商店街。越來越接近車站，直紀腳步也越走越快。收斂起剛才在重倉面前勉為其難擠出的笑容，他最後一臉嚴肅的表情通過了驗票閘門。

搭上電車之後，直紀一臉鐵青地緊握著把手。

（……重倉那樣的行動究竟是怎麼回事？）

光是用喝啤酒醉了之類，睡昏頭什麼的理由，已經無法解釋了。雙手撐著地板壓低身子對直紀低吼的模樣完全就是一頭野獸。

難不成真的是因為長出狗的耳朵及尾巴，讓他的精神層面也跟著獸化了嗎？

無論再怎麼想也得不出答案，直紀在隨著電車搖晃的期間，只能一臉苦惱不已地緊緊握住把手而已。

在距離自己家最近的車站下車之後，直紀全力奔跑回公寓，一看到躺著在看電視的小粽，就開門見山對祂說明了重倉的狀況。

小粽一開始還嫌麻煩地隨便做出回應，但在聽直紀轉述下去之後，表情也越加嚴肅，並端坐在椅墊上。

「你說那個男人做出像是野獸般的舉動是吧？」

「唔、嗯……但總該不會是因為長出狗耳朵跟尾巴，連行動都變得像是真正的狗一樣吧……？」

小粽沉思般垂著眼，喉頭發出「姆」的一聲沉吟。

「由於吾的力量還稱不上熟練，因此也無法斷言不可能發生這種事。」

直紀聞言，喃喃說著「怎麼會」並倒抽一口氣。

「既然如此，現在就得趕緊消除那對耳朵跟尾巴才行！」

小粽一副提不起勁的樣子，從挺身這麼說的直紀身上撇開視線。

「你不用著急，只要吾回到原本的世界，術法也會跟著消失。等到我離開不就得了？」

「哪有那種從容啊！萬一他在公司做出那樣的行為可就不得了了！」

儘管小粽「唔嗯」地點了點頭，卻沒有給出明確的回答。直到直紀一再逼問為什麼不立刻解開術法，祂這才心不甘情不願地開口：

「……其實，吾尚未完成解術的修行。如果硬是解開術法，也不知道會發生什麼事。」

講出難怪這麼難以開口的真相之後，直紀感到錯愕不已。

「你、你為什麼要在有這種不安要素的狀態下，還施展那個術法……」

「當然是因為你這麼祈禱了啊。要是錯失好不容易現身的參拜者，吾也沒辦法回到原本的世界。為了實現吾的願望，才會先實現你的願望罷了。」

「就算你不這樣幫我，只要說清楚原委，我也會協助你啊！」

小粽注視直紀的臉，說著「也是呢」並點了點頭。

「那個時候，吾也不太懂人類的想法。不確定在沒有對等報酬之下對方會不會提供協助，所以才逕自率先實現了你的願望。原諒我吧。」

平常總是對直紀頤指氣使的小粽，現在一臉認真地低頭道歉，讓直紀也不得不將說話的語氣沉穩下來。一旦想像不經意落入這個世界，又找不到回去的方法，獨自留在整天都沒有人參拜的神社之中，當時小粽是心懷多麼大的不安，就無法語氣強硬地斥責祂了。

「……總之，還是有解開術法的方式對吧？只是小粽還沒學會而已。」

「唔嗯。施展的順序吾是記得，但畢竟從來沒有實踐過。要是強行將耳朵及尾巴拔除，說不定會連同其他東西一起抽離。」

「其他東西是指……難、難不成像是……靈魂之類……？」

直紀顫抖著聲音這麼一問，小粽只是傻眼地搖了搖頭。

「不是那麼重要的東西。頂多只是記憶吧。說不定他長著耳朵及尾巴這段期間的記憶會變得曖昧不清。」

「這、這樣啊……」

比起靈魂被跟著拔除，這樣的症狀確實輕上許多，但自從小粽出現之後已經過了超過兩星期。要是這段期間的記憶都消失了，在工作方面當然會造成影響。

見直紀猶豫著究竟該不該解開術法的樣子，小粽這麼補上一句：

「可以的話，吾也不想冒險。究竟要不要強行解開術法，先觀察一陣子再做決定如何？會做出那種野獸般的行動或許只是暫時的。而且，說不定明天就會開啟吾可以回到原本世界的通道了。」

聽祂這麼說，直紀的想法也跟著動搖。小粽說的沒錯，犬化說不定只是暫時的狀況，可能之後都不會再次發生。至少等觀察一段時間再做決定，好像也比較好。

「……那麼，就先觀察個兩三天再說吧。」

「也是，就這麼辦吧。」

小粽也鬆一口氣點了點頭。可見解開術法是如此困難的一件事吧。不了解的事情實在太多，因此無法做出任何決定。直紀不禁對於這樣的自己感到難堪，卻也只能無力地垂頭喪氣。

隔天，比平常還更早到公司的直紀，焦急地等著重倉來上班。

直紀臆測說不定重倉在自己回家之後再次犬化，最糟糕的狀況可能連今天都無法上班而感到不安，但重倉還是確實在上班時間之前現身了。他一邊跟其他人道早安走進辦公室，在跟直紀對上眼之後，就一直線地走過來。

「真柴，你昨天還好嗎？」

見重倉一臉擔心地這麼問，直紀挺直了背脊。

「我、我沒事啦。重倉才是，在那之後……就是……你有沒有發生什麼奇怪的事呢？」

笨拙地挑選字眼這麼問之後，卻只得到一句「我沒什麼事」這樣平淡的回答。

「你回家之後我洗了個澡，很快就去睡覺了。更重要的是，我總覺得你的臉色好像很糟，一直很在意。是不是肚子痛？」

「沒有啦！我只是有點……那個……睡不太好而已……」

原以為是個牽強的藉口，重倉卻像放心了一般深深嘆出一口氣。

「既然不是身體不舒服，那就好。改天再來我家玩吧。」

「改天再來」這種話，通常感覺都是說好聽的場面話，沒想到看見直紀點頭的重倉，卻稍微搖了搖尾巴。不僅如此，他還溫柔地露出微笑，直紀這才發現他是認真這麼說的，感覺聲音都要顫抖了起來。甚至開心到想馬上跟他約好下次的日程。

直紀飄飄然地看著一邊搖尾巴走向自己座位的重倉的背影，但他知道不能只顧著感到開心。畢竟不知道重倉什麼時候還會再發生異樣的變化。

不過看樣子，昨天在自己回家之後沒有發生任何事情。而且重倉並沒有自己做出像狗一般行徑時的記憶。

（如果只是在自己家裡犬化，應該還算沒問題吧……？不過，也不是完全沒有在除了自己家裡以外的地方變成像狗一樣的可能性……這麼說來，之前他在茶水間是不是有聞過我的味道？難道那也是犬化帶來的影響嗎……？）

既不知道犬化會到什麼程度，也不知道會多麼頻繁，直紀決定上班時間也不斷偷瞄重倉，留意他的狀況。

一開始，直紀以為只要自己不撇開視線總是會有辦法，然而到了下午，他就沒辦法再懷著這麼天真的想法了。

直紀跟重倉本來就是不同部門。目光總不可能無時無刻追著重倉跑，而且要是各自去參加會議，在那段期間重倉就會完全不在自己的視線範圍。

更重要的是，重倉還是業務。幸好他今天好像整天都待在公司，但平常去客戶那邊的時間還比較多。他要是在公司以外的地方犬化了，直紀也無能為力。

（我看就算冒著失去記憶的風險，還是立刻拔除他的耳朵跟尾巴比較好……應該吧，一定是這樣。不，不過也不知道他犬化的次數有多頻繁……）

當直紀在工作期間，思緒也一再圍著這個問題繞的時候，身後就傳來一道「各位辛苦了～」這樣響亮的聲音。

回頭一看，只見業務部的遠藤正拿著一盒點心站在那裡。

遠藤也是直紀的同期，大學時代好像擔任過網球社社長，總之是很有行動力的人，個性也與人很親近。是個就連對遲遲無法拉近跟他人距離的直紀，也能說著「就算不同部門，我們還是同期啊」並轉眼間就親近許多的強者。

他本來就是擅長照顧人的個性，剛進公司時，也周到地招呼在採購部沒有同期無事可做度日的直紀。或許是這件事的影響，現在在茶水間碰到時，他也會爽朗地向直紀搭話。

遠藤拿著一大盒點心走到採購部的座位來，開朗地說著「下午茶時間到囉～」。不只是直紀，其他部門同事也紛紛轉頭看向遠藤的手邊。

「這是剛才客戶拿來的。裡面有很多點心，不介意的話就請用吧。」

隔出一格一格的點心盒裡面，裝著好幾顆一口大小的巧克力。

「哎呀，謝謝。我正好想休息一下呢。」

「沒吃完的話我會放在冰箱裡，請盡情享用喔。」

遠藤處事圓滑地笑著，將點心盒也遞到直紀眼前。

「真柴，你要不要也吃看看？反正有這麼多，想拿兩個也沒問題喔。」

「不用啦，我拿一個就夠了。謝謝。」

直紀捏起一顆橢圓形的巧克力放入口中。輕輕一咬，濃稠又酸甜的果醬般內餡就流了出來。

沒想裡面還有內餡，讓直紀不禁眨了眨眼。遠藤看他這副模樣便笑了起來。

「你吃的是芒果巧克力。那個有點酸吧。」

「……嗯，但很好吃。」

「對吧！我也很喜歡。」

遠藤揚起純粹的笑容，這讓直紀也跟著回以淺淺的笑。遠藤在直紀的同期當中，也是少數會親近交談的人物。

「那麼，各位下午工作也加油吧！」

開朗地說完，遠藤便轉了個身，接著開始發巧克力給業務部的同事們。

直紀一邊工作，一邊留意著業務部的狀況。遠藤一邊簡短地說明並輪流走向同事的座位，不久後也來到重倉的座位前。

重倉看著那盒遞到眼前的巧克力，只是面無表情地盯著盒子裡面看。當遠藤問「重倉，你不喜歡吃甜食嗎？」的時候，從那搖擺尾巴的動作看來，應該是正在思考吧。

「你人高馬大的，一顆應該不夠吧。要再拿一顆也可以喔。」

「……可以嗎？」

重倉於是順著遠藤的好意，拿了兩顆巧克力。說不定他其實滿喜歡吃甜食的。

直紀一臉莞爾地看著重倉的尾巴左右搖晃的樣子，但過不久，他的狀況就產生了異變。重倉突然搖搖晃晃站起身來。

早就發完巧克力回到座位的遠藤，抬頭看站起來的重倉不禁瞠目結舌，嚇了一跳。

「重倉？你怎麼了，臉色很差喔。發生了什麼事嗎？」

「……不，沒事。」

重倉壓抑著聲音這麼回答，然而遠遠也能看得出他一臉鐵青的樣子。離開座位時的腳步還很不穩，整個人看起來很明顯不太對勁。總覺得他看起來好像摀著肚子走路的樣子，會不會是肚子痛呢？

當直紀想著「會不會是吃到什麼不新鮮的東西了？」的時候，不禁睜大雙眼。

（——巧克力！）

直紀立刻從座位上站起身，快步追上走出辦公室的重倉。

有好幾種就算對人類無害，也絕對不能給狗吃的食物。尤其是洋蔥跟巧克力。

仔細想想，之前重倉在員工餐廳吃薑燒豬肉時，就避開了上頭的洋蔥。在那之前一起去炸雞專賣店吃飯的時候，點了牛奶洋蔥沙拉時他沒有特別說什麼，也有將沙拉吃完。

（難不成是隨著時間流逝，讓他的身體越來越接近狗了？如果真是這樣，那對現在的重倉來說巧克力簡直就像劇毒……！）

走出辦公室的直紀急忙在走廊上四處尋找重倉的身影。然而就算到茶水間、會議室及電梯口看過，都沒找到他。才想他該不會到樓下去了，便走向走廊時，就看見重倉搖搖晃晃地從廁所走出來。

「重倉……！你沒事吧！」

重倉一臉鐵青的樣子，重心很不穩地轉過頭來。直紀連忙跑到重倉身邊，攙扶住他的身體。

「重……！」

正當直紀要叫出他的名字時，原本感覺站也站不穩的重倉突然伸出手抓住直紀手臂。他以指甲都要陷進衣服裡的強勁力道拉過直紀的手，不發一語將他拉近旁邊的資料室中。

這是之前當重倉聽見新人們在說他壞話時，兩人也一起進來過的地方。那個時候是直紀拉著重倉的手進到資料室裡，這次則和那時相反。

就算關上背後的門，重倉也沒有打開室內電燈的意思。他就只是抓著直紀的手，站在原地。昏暗的室內，只回響著野獸般「呼、呼！」的喘息聲。

直紀緩緩地朝牆壁伸出手，打開室內的電燈。

就在頭上日光燈的亮光明滅瞬間，直紀的身體被重倉力道強勁地推了一把。他連自己所站的地方都搞不太清楚地踉蹌一下之後，背部就被壓上牆壁。

當電燈完全亮起來的時候，直紀雙手的手腕已經被重倉抓住，並逼迫到牆邊，讓他動彈不得。

「重……重倉……」

重倉皺緊眉間，感覺很難受地大口喘著氣。仔細一看，他額頭上還沁出了冷汗。就算直紀叫出他的名字，也只是從喉頭發出「嘎嗚」的聲音，並沒有做出回答看來，說不定又陷入無法理解人話的狀態了。

直紀跟當初在重倉家裡一樣，高舉雙手表示沒有敵意。

重倉咬牙切齒，瞪著直紀的眼神就像要把他射穿似的一動也不動。要是突然做出什麼舉動，是不是會被他咬呢？當直紀想著即使如此也沒關係，總之要想辦法帶重倉去醫務室的時候，重倉突然朝直紀的身體撞過來。

「咕……！嗚、唔……？」

那道衝力實在太大，直紀都做好可能會被咬上喉頭的覺悟緊閉雙眼，然而劇烈的疼痛感卻遲遲沒有襲來。當他再次緩緩睜開雙眼時，把臉埋在直紀肩頭的重倉就用雙手緊緊抱住了他。

「……重倉？」

耳邊好像聽見了什麼。那是重倉的聲音。感覺就像要攀附著直紀般緊緊抱住他，發出像小狗一樣嗷嗷叫的聲音。

察覺他可能是身體很難受，直紀立刻來回撫摸重倉的背。

「重倉，我們去醫務室吧。來，往這邊走。」

本來是想引導他離開資料室，重倉卻表現出相當不願意的樣子，反而更使勁抱著直紀。從他喉嚨深處發出斷斷續續的細聲哀鳴，孱弱到令人難以想像是重倉發出的聲音，驚人地挑起直紀的保護欲。雖然很想替他做點什麼卻無能為力，頂多只能一直拚命來回撫摸重倉的背部而已。

過一段時間之後，重倉的呼吸漸漸穩定下來。他將直紀抱進懷裡的雙臂也鬆懈了力道，緩緩抬起原本壓在直紀肩膀上的頭。

垂眼看過來的重倉感覺耗去了大量體力，而且額頭上還沁著汗水。直紀擔心是不是有發燒觸碰了他的臉頰，重倉就感覺很舒服地瞇細雙眼，臉頰往直紀的手蹭過來。

這雖然讓直紀的心跳狠狠漏了一拍，但他不斷告誡自己現在的重倉無論身心都跟狗很接近。因此這個動作不帶有其他意思，自己也不能表現得這麼狼狽。

從西裝外套拿出手帕替他擦去額頭的汗水之後，重倉的尾巴便搖個不停。感覺很難受的表情也漸漸退去，碰了他汗溼的頭髮之後，耳朵也垂了下來。看起來簡直就像在等人摸摸頭的模樣。

（看樣子……應該是不用叫救護車了吧……）

總之，應該是脫離最糟糕的事態，直紀也鬆了一口氣。被他摸頭的重倉，一臉感覺很舒服的樣子輕閉著雙眼。

叫一聲「重倉」他便睜開了眼睛。重倉面帶微笑地看過來，但依然沒有做出回應。可能還是無法溝通的狀態。

總不能繼續跟重倉一起關在資料室裡，但要是帶他回到辦公室，不知道會發生什麼事情。正當直紀苦思究竟該如何是好的時候，重倉彎下腰，鼻尖更靠上直紀的臉頰。還以為是要聞氣味，沒想到跟昨天一樣被他舔了臉頰。

「咿！等、等一下，不、不不、不行啦……！」

畢竟是第二次了，直紀勉強忍下哀號，但心臟還是重重漏了一拍。

才告誡自己不要表現得太過狼狽，結果一瞬間就鬆懈下來。畢竟直紀可是多年來都暗戀著重倉。說真的，他多想拋開社會常識，回以一個緊緊的擁抱。

不管直紀再怎麼撇開臉，重倉還是糾纏地追了上來，因此他將雙手抵在重倉的胸膛用盡全力推開他。但可能基於兩人體格的差距，只見重倉的身體根本一動也不動。

「這真的不行……！」

用稍微強硬的語氣一說，重倉的耳朵就抖了一下。想著是不是能溝通了，直紀便抬頭看向重倉的臉，然而見到他的表情之後卻不禁語塞。

重倉正垂著眉毛，用一臉明顯感到失落的表情看過來。感覺就像在問是不是做錯了什麼事一般注視著直紀，讓他感到苦惱不已。

狗之所以會舔人的臉，是想向對方傳達親近的好感。這點程度的事情就算是直紀也很明白。如果重倉的外表跟普通的狗一樣，直紀也不會出手阻止。

但對方可是重倉。是單戀的對象。直紀的理性早就搖擺不定了。

就算是幾乎沒有戀愛經驗的直紀，也會想觸碰喜歡的人，當然更有著想被對方觸碰的欲望。而且只要直紀有那個意思，可以實現欲望的狀況此時就擺在眼前。

當直紀掙扎著好想隨波逐流，然而理性卻不斷阻止的時候，重倉像在試探般看著直紀的臉，甚至一點一點越靠越近。直紀拚命撇開臉，但在目光一隅看到重倉消沉的表情時，就再也忍受不住了。那感覺就像自己在強迫重倉似的，內心湧上滿滿的罪惡感，這使得直紀顧不得理性豁了出去。

（重、重倉現在是狗，這也是沒辦法的狀況！）

直紀在內心高舉這面偉大的免罪金牌，將臉轉回正面。他不斷告訴自己，此時此刻站在眼前的並不是重倉，而是一隻大型犬，主動伸手摸了摸他的頭。

原本還很消沉的重倉這時睜大雙眼，就像是解除「等一下」的指示似的，朝著直紀的身體撲了過來。就像是不讓他逃走般緊緊抱住直紀，並用鼻尖貼向他的臉頰及脖子。

直紀只能渾身僵硬地等待著時間過去。

重倉是狗。要是太過抗拒感覺就很可憐，所以才會放任他的舉動，這絕對不是以自己的欲望為優先。眼前的是一隻狗。不是重倉。快忘了他是自己單戀的對象吧。是狗。那是狗。

（……不，果然還是不行！）

直紀猛地睜大雙眼。這也是理所當然。怎麼可能有辦法將暗戀好幾年的對象當狗看待。被他緊緊抱住，嘴唇還貼到臉跟脖子上來，是要怎麼保持平常心？感覺都快腿軟了。這種事情就連作夢都沒有想過。

當直紀覺得應該夠了吧，正要推開重倉的身體時，立刻被他咬了鼻頭。

雖然只是輕輕一咬不會很痛，但這件事太過突然，讓他不禁停下動作。這時重倉心滿意足地瞇細雙眼，並舔了一下直紀的嘴唇。

「咿嘎！」

發出連自己都沒聽過的尖叫，直紀隨即用雙手摀住嘴。重倉感覺心情很好地搖著尾巴，再次蹭起直紀的臉頰，然而直紀本人卻渾身動彈不得。

剛才這是什麼呢？算接吻嗎？嘴唇碰到嘴唇才叫接吻，被舔應該是另一回事吧？不如說總覺得好像被做了一件比接吻還更不得了的事情，這難道是像自己這樣連初吻都沒有體驗過的戀愛外行才會有的想法嗎？

直紀覺得難以置信。

欣喜的感覺確實掠過心頭，但馬上就面對現實鐵青了一張臉。

（這個狀態下的重倉，想必無關自己的意志，無論對誰都會做出這種事。）

就像隻親近人的狗一樣撒嬌、玩耍，並緊緊抱住。他會認為舔臉是一種好感的表現，類似親吻的舉動亦然。

直紀認為自己就算了。因為他很清楚重倉做出這些行為的原因。

但換作是其他人呢？

如果重倉在通勤的電車中陷入這種狀態該怎麼辦？要是不小心跟旁邊的人嬉鬧起來並緊緊抱住對方呢？被身材高大的重倉緊緊抱住的對象，想必會發出哀號吧。那人若是男性也是一大問題，如果是女性就更糟糕了。

那代表重倉會遭受社會性的抹殺。

再加上重倉的身體構造好像也跟狗越來越接近。許多人類理所當然吃進肚裡的食物，也很有可能會像這次一樣，對重倉的身體帶來不好的影響。

（現在已經不能將兩星期左右的記憶視為最嚴重的問題了。）

就算發生最糟糕的情況，長出耳朵尾巴這段期間的記憶全都消失了，只要身邊的人好好協助的話，工作上的問題總有辦法解決。即使重倉會被迫陷入窘境，總比被提告強制猥褻罪還要好得多。

（得拜託小粽，立刻替重倉消除耳朵跟尾巴才行……！）

萬一重倉的記憶消失了，直紀也會盡全力協助他。或許不同部門的自己能做到的事情有限，但畢竟明白這一切來龍去脈的就只有直紀而已。

也不知道直紀這麼下定決心，重倉依然搖著尾巴繼續緊緊抱住直紀。他的臉不但蹭向自己的臉頰，觸碰到嗅著氣味時的呼息，也讓直紀覺得有些搔癢。

為了讓正興奮的重倉冷靜下來，直紀輕輕拍了拍重倉的背。只要消除耳朵跟尾巴，重倉應該就不會再像這樣跟自己玩耍了吧。

直紀知道應該盡早這麼做。但與此同時，這樣可愛滿點的耳朵及尾巴消失了，也讓他覺得有些寂寞。

（……這就是最後一次了。）

差點就要覺得捨不得的時候，直紀連忙搖了搖頭。這對重倉來說是攸關生死的問題。還是得盡快消除他的耳朵跟尾巴才行。

因為他突然搖了搖頭，本來靠著直紀臉頰的重倉身子也稍微後退了一點。他垂下眉，一臉就像孩子在表達「被討厭了嗎」的神情並感到消沉，直紀帶著苦笑踮起腳。

既然是最後了，直紀主動將自己的臉頰靠上重倉的臉頰。

輕輕觸碰到重倉的臉頰很是溫暖。

說不定再也沒有機會可以這樣感受喜歡的人的體溫了。這麼暗忖著，直紀緩緩放下腳跟，在抬頭看向重倉的臉時不禁倒抽一口氣。

因為重倉正睜大雙眼看著直紀。

他直到剛才都還露出孩子般天真無邪的神色，直紀一瞬間就知道重倉已經恢復理智了。

重倉的視線慌亂地游移，他這時發現自己正抱著直紀的腰，便動作生硬地放開了手。接著更環視四周之後，一臉困惑垂眼看向直紀。

「……我以為我人在廁所，為什麼會和你……待在這裡……？」

看來狀況跟上次一樣，他並沒有犬化時的記憶。直紀也眼神游移不定地說明了現狀。

「因、因為重倉感覺身體不太舒服，就想說來看看你的狀況。結果剛好碰到你從廁所出來……呃，你還好嗎？感覺如何……」

重倉伸手摀著嘴邊，像在尋找記憶般瞇細雙眼。

「吃了巧克力之後，突然就覺得很不舒服……但現在已經沒事了。可是我不記得自己有進來資料室……」

「那、那是因為我看重倉精神有些恍惚，所以就先把你拉進來這裡了。」

重倉的手依然摀在嘴邊，並看了過來，像是躊躇般陷入沉默。直紀也無從逼迫他，抬頭看向他的臉時，重倉才相當吞吞吐吐地開口說：

「……直到剛才，我跟你都在這裡做些什麼？」

喃喃說著，重倉用指尖摸了摸自己的臉頰。

這個瞬間，直紀的腦海中浮現最糟糕的可能性。說不定在他踮腳碰上重倉臉頰的時候，他已經恢復理智了。

思及此，直紀嚇得臉色慘白。

一心盤算反正重倉不會記得犬化時發生的事情，於是膽子也跟著放大了。事到如今，這樣恣意妄為的罪惡感才一股勁地襲向直紀。

雖然想趕緊找個藉口，卻因為腦中一片空白說不出任何話來。再說，面對兩個男人臉頰靠在一起這個事實，任何藉口都說不過去吧。

與其冒著會弄巧成拙的風險確認事實，敷衍過去帶來的傷害可能還會比較小。直紀一步步往後退去，因為緊張而用拔高的聲音說：

「我、我只是照顧你一下……真的只是這樣而已！」

話都還沒說完，直紀一個轉身就飛奔出資料室。總覺得重倉還在身後要叫住他，直紀卻仍頭也不回一溜煙衝進辦公室。一直線回到採購部的座位區之後，便直接對部長宣言「我身體不太舒服，想請半天特休早退！」。

幸好沒有什麼緊急的工作，距離準時下班的時間也不到兩小時而已。部長很乾脆地同意他請假，直紀就趕在重倉自資料室回來之前，慌慌張張衝出公司。

畢竟是離峰時間，直紀搭上比平常還要空一點的電車回到自己家。

直紀一臉鑽牛角尖的樣子下電車之後，大步快走踏上歸途。一回到家，他立刻衝到在裡面房間看電視的小粽身邊大喊「快點消除！」。

本來還懶散躺著看電視的小粽聽見突如其來的大吼，便一臉驚訝地跳了起來。

「怎麼，你今天還真早回來啊。發生什麼事了？」

「重倉在公司也犬化了！所以現在就馬上將他的耳朵跟尾巴消除！」

「但吾還沒完全學會解術。他的記憶可能會被抽離喔。」

「那總比被社會性抹殺還要好！」

就在這樣爭執的時候，說不定重倉在公司犬化了。要是他在回家的電車中發生那種事，會演變成鬧上警局的事態。現在可說是刻不容緩。

「小粽，拜託……拜託祢了！請解開重倉的術法吧！」

直紀雙手趴在地上，額頭抵著地板拜託小粽。雖然祂有些猶豫地搖著尾巴，但還是立刻說著「吾知道了」，並端正姿勢。

「這就實現你的願望吧——吾會解除術法。自此刻起，施展在你心上人身上的術法已經全數解除了。」

小粽用響亮的聲音這麼說完，就再次慵懶地躺到電視機前面。

「如此一來，耳朵跟尾巴應該都消除了喔。」

「……咦，剛才那樣就好了嗎？不用再透過什麼……儀式之類的？」

小粽一臉嫌煩的表情看向直紀，並斷言「沒必要」。

「吾這個神之眷屬都這麼說了。施展在人類身上的術法已經解除了。」

「……難道祢不能用這種感覺打開回去原本世界的入口嗎？」

「那是在吾的管轄範圍之外，所以不行。打開連接另一個世界的洞這種事情，只有偉大之神才能辦到。」

小粽的視線回到電視上，再次盯著重播的警探電視劇看了起來。

真的光是這樣就能解除重倉的耳朵及尾巴了嗎？雖然完全無法確信，既然小粽都這麼說，那也只能相信祂了。

直紀替漸漸變得昏暗的家裡打開電燈，坐在小粽旁邊看起電視。在平日這種時段看電視，總覺得好像回到學生時代似的。

公寓外頭，微微傳來應該是小學生的幾個小朋友的聲音。伴隨日落響起的鐘聲蓋掉那道喧囂，漸漸地，四周日落的氛圍開始進逼而至。

小粽平常總是過著這樣的日子啊。平和卻無趣，直紀認為這樣的環境反而會讓人不禁去思考很多沒必要的事情。

直紀的目光依然盯著電視機，開口問出一直覺得很在意的事情。

「小粽啊，祢來到這裡也過了好一段時間，真的沒問題嗎……？」

「什麼事情有沒有問題？」

「呃……就是，祢會不會還是覺得很寂寞，或是感到很不安呢？有沒有去想，要是再也回不去之類的事情……」

直紀放假的時候，小粽一定會前往各處神社察看，但無論是回程必上咖啡廳，或是平日像這樣悠哉地看電視節目，都沒什麼表現出焦急的樣子。

小粽將下巴靠上前腳，哼地從鼻子呼出一口氣。

「除了吾，還有許多服侍主子大人者。就算吾不見了，也不會產生任何問題吧。會因為寂寞或者不安而動搖心志的就只有人類而已。要是再也無法回去，那就只能留在這個地方。吾只是順勢而為罷了。」

小狗般的外表，卻說著這樣豁達的話。直紀不禁懷疑這究竟是不是祂的真心話，然而就連這點也被小粽看穿，果斷說著「不用你擔心」。

直紀抱住雙腳，喃喃說著「這樣啊」。

看來神之眷屬的心很是堅強。直紀覺得真該多向祂學學，做了一次深呼吸，讓自己的心冷靜下來。

總之，既然術法已經解除，重倉應該也不會再犬化才是。這點就相信小粽所說的吧。

雖然不知道剛才在資料室時，重倉究竟是什麼時候恢復理智的，但那也已經是過去的事了。要是重倉希望得到解釋，那也只能乾脆地道歉而已。到時候不只是在資料室發生的事，還有因為直紀許下莫名其妙的願望，害得重倉長出狗耳朵及尾巴，而且直紀還能擅自看見的這些事實，都全都告訴他吧。

除此之外，沒有其他方法算是誠心誠意的道歉。不過，也不知道這樣能否得到他的諒解就是了。

（只能順勢而為，是吧……）

不在公司跟重倉碰面看看，也不知道事情會如何發展。直紀開始覺得就算現在亂了陣腳也不能怎麼樣，便跟小粽一起看起警探電視劇。

劇中的演員們各個表情嚴肅地互相試探。然而就連犯人是誰都還沒鎖定，看樣子距離真相大白，應該還需要一段時間。

小粽解除重倉身上術法的那天是星期五，這讓直紀心懷忐忑度過了整個週末。

到了星期一，直紀一臉緊張地前往公司。偏偏在這種時候，重倉一早就直接去客戶那邊，好像到將近中午才會回公司。這讓直紀每當有人踏入辦公室，便抬頭看是不是重倉回來了，一旦發現是其他同事就會不禁失落，並一再反覆這種事。

即使時間接近中午，重倉也沒有現身，正當直紀快要放棄地想著是不是得等到午休過後他才會進公司時，一道說著「辛苦了」的低沉嗓音便撼動耳膜。

一聽見那熟悉的聲音，直紀一股勁回頭看向辦公室的入口。

果不其然重倉就站在那裡。看見他那副模樣，直紀的雙眼盡可能睜到最大。

重倉頭上那對在這幾星期間已經完全看習慣的狗耳朵消失了。當然也沒有尾巴。

（……術法真的解除了啊。）

小粽不過是做出一句宣言而已。這讓他再次體認到小粽真的是神的眷屬。

當重倉回到公司的時候，同時進入了午休時間，其他同事都三三兩兩紛紛離開座位。這時，直紀也緩緩起身走向重倉的座位。

才剛將電腦開機的重倉，發現直紀靠近之後便抬起頭來。看到他面無表情的臉，直紀下意識朝重倉的頭跟背後看去。

（啊，對耶……已經沒有耳朵跟尾巴了。）

習慣真是一件恐怖的事情。他連忙將視線重新拉回重倉的臉上開口說：

「那個，上星期在那之後……你還好嗎？」

大概是經過六日兩天隔了好一段時間，重倉先是像要回想起直紀所指何事眨了眨眼，才用低沉的嗓音回上一句「沒事」。

「真柴你才是，聽說你早退了……」

「啊，嗯。我那天身體也有點不太舒服。」

重倉還清楚記得上星期的事情。畢竟曾經設想過最糟糕的狀況是，他有耳朵跟尾巴這段期間的記憶可能會全部消失，因此直紀也鬆了一口氣。

這時對話突然結束，兩人之間陷入一陣沉默。重倉抬頭看著直紀什麼話都沒說。也沒有要直紀繼續說下去的意思。他那道直勾勾的視線讓直紀感到畏縮，不禁跟之前的習慣一樣看向重倉的背後。然而那裡已經沒有尾巴了。

至今就算重倉沉默不語，只要看到身後搖著的尾巴就能知道他是歡迎自己的。沒想到光是沒有這個依據，竟然會感到這麼不安。

重倉的態度之所以感覺這麼生疏，只是因為看不見耳朵跟尾巴的關係嗎？還是說重倉遺忘這幾個星期間的部分記憶，不記得跟直紀親近交談的那些事情了呢？

也有可能是因為記得直紀在資料室中貼上他臉頰的事情而保持戒心。

無論哪個原因都很有可能，反而讓直紀無法做出判斷，內心忐忑不安地開口問：

「不、不介意的話，要不要一起去員工餐廳吃午餐？」

重倉依然面無表情抬頭看著直紀。經過一段莫名漫長的沉默，直紀甚至忍受不住這種緊張感而嚥下口水，這時重倉才總算開口。

「我要先確認信件，可以等我一下嗎？」

「當、當然。」

重倉說出口的並非拒絕，這讓直紀放下心來，面帶笑容點了點頭。

乖乖等重倉處理完工作，兩人便一起前往員工餐廳。直紀總之相當在意重倉的一舉一動，甚至連套餐的菜色都沒有確認，就跟著重倉一起排在A套餐的隊伍後頭。在這段期間，重倉幾乎沒有開口跟他交談。

重倉本來就是個沉默寡言的人。之前也很常發生對話接不下去的狀況，然而那時有著耳朵及尾巴勝於雄辯。像是耳朵會因為在意人在身後的直紀而動了動，或是偶爾對上眼時尾巴也搖了起來。只要看到這些狀況，就算兩人之間沒有對話，直紀也能放心地待在重倉身邊。

直紀懷著沉穩不下來的心情眺望重倉既沒有耳朵也沒有尾巴的背影，一邊拿著放有漢堡排套餐的餐盤走向桌席。

到餐桌坐下之後，重倉一如往常轉眼間就吃光整份套餐。味噌湯的配料是洋蔥跟海帶，不過也一樣全都吃完了。看樣子洋蔥跟巧克力之類的食物，已經不會再給重倉身體帶來不好的影響。

吃完飯之後，重倉眼前擺著空的碗盤，沉默地雙手抱胸。他看起來像在等直紀吃完似的，這讓直紀焦急地一口接一口吃著飯。

之前重倉也有等到他吃完，但總覺得現在比那個時候更不自在。重倉面無表情地雙手抱胸，讓直紀完全看不出來他究竟是在放鬆，還是覺得無聊，又或是感到不耐煩。

「那個，重倉。」

一開口向他說話，重倉便緩緩看了過來。

如果是之前，他頭上的耳朵會先做出反應。很快就會豎起來，像是表達對自己有興趣般面向直紀的那對黑色耳朵。現在還忍不住去尋找那不復在的東西，直紀告誡自己並垂下視線。

「就是車站前那間炸雞專賣店……前幾天我拿到他們在店門口發的折價券。」

重倉依然雙手抱胸，只回上一句「這樣啊」。聲音聽起來沒有抑揚頓挫。就像完全不感興趣似的，讓直紀不禁畏縮。重倉平常說話是這麼不帶感情嗎？

「……你有空的話，要不要再一起去呢？就像上次一樣，下班後一起。」

直紀豁出去提出邀約，但重倉只是盯著他的臉不發一語。

搞不懂這段沉默代表什麼意思，讓直紀覺得很害怕。是不是代表他不想去呢？還是因為解除術法的關係，讓他忘記跟直紀一起去過那間店的事情了？

重倉的視線朝旁邊撇去，以平淡的口吻說：

「你不介意跟我一起去嗎？」

「咦？當、當然……」

重倉依然垂著眼，並再一次說了「這樣啊」。他的表情幾乎沒有變化，但為什麼看起來好像感到困惑的樣子呢？是不是他真的忘記兩人一起吃過炸雞的事情了？直紀壓下內心的動搖，試探他是不是還忘記了其他事情。

「這麼說來，前陣子我妻板金工廠的老闆撥了通電話過來。」

直紀硬是揚起笑容，但他擔心自己的臉頰是不是太過僵硬了。沒辦法再看向沉默以對的重倉，直紀的視線於是停留在手邊的碗盤上。

「老闆說，要是交期那麼短就不會再接我們這邊的訂單了。啊，但他說到最後有笑了笑，所以應該不是認真的。然後又說希望重倉也能到現場看看，要你改天去工廠參觀。」

「為什麼希望我去？」

聽到這句反問，直紀說不下去了。硬是擠出的笑容從臉上垮下。

「……你說為什麼……」

之前應該跟重倉說過了才是。包括當直紀還是新人的時候，因為不了解現場的作業情況，就提出押了不可能趕上的交貨期的估價申請書，而被我妻斥責一頓的事，還有因此獨自一人去工廠參觀的事。以及以此為契機，得到我妻的認同等等。

就跟那時的狀況一樣，應該可以馬上聯想到我妻是希望不太清楚現場作業情形的重倉也能去看看不是嗎。

這時，直紀「啊」地淺淺驚呼了一聲。

仔細想想，那件事是他們一起去炸雞專賣店的時候說的。如果他不記得有去過那間店，當然也不會記得當時聊過的事情。

（……他真的忘了很多事情啊。）

如此一想，就連直紀自己也很意外地覺得內心深處感到很受傷，拿著筷子的手加重了力道。

「……重倉，抱歉。我應該還要吃一段時間，你想先回辦公室也可以喔。」

垂著頭，他沒有看向重倉就這麼說。

在經過一小段沉默之後，重倉說著「好」就站起身來。

手中拿著吃完餐點的碗盤，重倉離開了桌席。明明請他先回辦公室的人是自己，不知為何目光卻還是不知所措地追上他的背影。之前他明明就會默默等到直紀吃完。

走向碗盤回收區的重倉背影寬大，一副凜然的樣子，看起來好像不會受到任何事情影響而動搖。這麼說來，在重倉長出耳朵跟尾巴之前，直紀也覺得他是個情緒平淡的男人。當時根本難以想像重倉會因為新人在背後說壞話而消沉，或是被上司斥責而喪氣，甚至為套餐的主餐是炸雞而歡喜不已。

直直盯著重倉越走越遠的背影，直紀無意間產生了一個想法。

（難不成是因為長了狗耳朵及尾巴的關係，讓他連個性都變得容易與人親近吧？）

一旦產生這樣的念頭，就再也搞不清楚到哪個程度才是重倉真正的想法了。

一低下頭，只見那碗涼掉的味噌湯上，倒映出自己難堪地垂著眉毛的表情。

直紀不想直視受傷的自己，將筷子伸進裝著味噌湯的湯碗中，胡亂弄散那副神情。

自從重倉的耳朵跟尾巴消除之後，直紀好一段時間都在持續觀察他的狀況。畢竟重倉好像失去了一些記憶，萬一在工作上造成影響，直紀打算立刻去協助他，不過幸好目前看來工作方面沒出現什麼問題。重倉也沒有追問直紀在資料室那時的事情，恐怕是當直紀碰上他的臉頰時，還沒恢復理智吧。

受到這個事實的鼓舞，直紀還是跟之前一樣，每當在走廊、電梯口或是員工餐廳等地方碰到重倉時，都會向他打聲招呼，然而一旦被他面無表情俯視著，對話就難以順利進行下去。直紀的腦中被像是沒特別的事還搭話會不會給他帶來麻煩，或者是不是覺得跟自己待在一起也不會覺得有趣，等消極的想法給占據，根本無法好好直視重倉的臉。完全退回到小粽出現之前的狀態了。

儘管心裡想著都一度縮短彼此的距離，所以再一次也沒問題，但一想到重倉忘了那段過程，內心就感到挫折不已。

自從剛進公司沒多久被重倉的激勵推了一把之後，直紀一直心懷感謝，兩人一起去炸雞專賣店那時，他是抱著必死的決心當面說出這樣的心境。要不是在那個時間點想必就說不出口，即使再找其他機會說出一樣的話，也不知道重倉可以感受自己的真摯到什麼程度。

就算想再重現一點一點拉近彼此距離的那段時間，肯定也不會順利。如此一想，直紀不禁覺得無論怎麼努力都無法回到跟之前一樣的關係，漸漸陷入悲觀之中。

對直紀來說，壓倒最後一根稻草的是自從重倉的耳朵跟尾巴消除之後，過了一星期的那個星期一。

一到下午的上班時間，採購部就要在會議室開會，因此直紀提前結束午休，將投影機跟筆記型電腦帶到會議室來。

會議室就在電梯口附近，當他在做準備的時候，也聽見好幾次告知電梯抵達樓層的清脆機械聲。

即使如此總覺得聽得比平常還要清楚。感到費解的直紀抬頭一看，這才發現會議室的門還微微開了一道縫隙。就在他想將門關上而走近的那個時候。

「——有件事想跟你商量一下。」

傳入耳中的那道低沉嗓音，讓直紀的心跳漏了一拍。這是重倉的聲音。

聲音是從隔一點距離的地方傳來。看樣子他是在電梯口跟其他人說話的樣子。當直紀下意識側耳去聽的時候，便聽見出乎意料的話。

「我因為真柴覺得很傷腦筋……」

突然出現自己的名字，直紀冷不防地倒抽一口氣。當他僵在原地的時候，又聽見另一道聲音。

「這麼說來，你最近跟真柴滿要好的嘛。」

這麼說的人是遠藤吧。一想到從旁人眼光看來認為自己跟重倉滿要好的，就讓直紀的心情雀躍起來，然而重倉接著說出口的話，讓他頓時覺得像被潑了一桶冷水一般。

「……在你看來是這樣嗎？」

重倉用低沉，甚至聽起來不太開心的聲音這麼說。在會議室門後偷偷聽著的直紀，雙腳都不禁抖了一下，但遠藤不是很在意的樣子，接著回問他「我誤會了嗎？」之類的話。

直紀下意識離開門邊。他直覺不想聽見接下來的話。然而就在他的腳往後退去之前，重倉搶先答覆了遠藤。

宣告有電梯抵達的機械聲響起，像是跟那道音效重疊般，重倉開口說：

「也沒有多要好。我搞不太懂那傢伙在想什麼。」

「搞不太懂」這句話，深深傷透直紀的心，讓他不禁為之屏息。

重倉的語氣不帶抑揚頓挫，簡直就像在說著完全不感興趣的話題。當直紀在腦中反芻這句話的時候，會議室門外就重回一片寂靜，他這才回神抬起頭來。

看樣子重倉跟遠藤是一起進了電梯，再也聽不見兩人的談話聲了。

直紀用顫抖的手關上會議室的門之後，小心翼翼吐出一大口氣。然而中途覺得腹部一陣痙攣，無法好好把氣吐出來。

重倉果斷說出「也沒有多要好」的聲音殘留在直紀耳際。光是只有他一方覺得稍微縮短了距離，便是很大的打擊。

在沒有其他人的會議室裡，直紀安慰著自己，這也是無可厚非。

重倉忘記跟直紀一起去過炸雞專賣店的事情，想必也不記得約直紀到家裡一起吃飯的事了吧。那些時候交談的所有內容全都像是沒有發生過一般，就連兩人在跳電的狀況下準備晚餐的事，重倉也不會知道。

在工作方面似乎沒有記憶遺漏的樣子，說不定是只遺忘了跟自己有關的事情。畢竟重倉之所以會長出耳朵跟尾巴是出自直紀的願望，因此失去以直紀為中心的記憶也是很有可能的狀況。

重倉忘掉跟自己共處過的事情，超乎直紀的想像。既然如此，那樣約他一起吃午餐，或是頻繁向他搭話這些舉動，說不定讓重倉感到困擾。重倉失去了這幾個星期以來的記憶，對於這樣的他來說，應該只覺得直紀突然表現得好像跟自己很熟稔似的，會無法理解這些行動的理由也是理所當然。

重倉說著「覺得很傷腦筋」的聲音一直留在耳朵深處無法抽離，直紀不禁咬緊雙唇。

（……他是不是一直都覺得很困擾呢？）

原以為最近重倉看起來之所以格外生疏，是因為可以明顯反映出情感的狗耳朵及尾巴不見的關係。但說不定不只是如此而已。

儘管直紀努力想重回之前那樣親近的關係，卻沒想到重倉會因此感到困擾。

直紀撇開眼鏡，胡亂用袖口擦去自眼角沁出的東西，並離開門邊。

就算想重振精神進行會議的準備，但只要待在安靜的會議室裡做事，重倉說過的話就會一再地在耳朵裡迴響起，讓他不禁停下手邊的動作。

直紀索性將眼鏡整個拿下來，用襯衫袖口抵住雙眼低下頭去。

得在會議開始之前，把沾溼袖口的水漬清乾淨才行。應該拿手帕擦一擦就可以了吧。還是說乾脆沖水弄溼，好掩蓋掉痕跡呢？要是有人問起，說在洗手的時候水噴上來就好了。

為了不讓自己想像當重倉說「傷腦筋」時的表情，直紀滿腦子都只顧著思考這些藉口，撐過會議開始之前的這段時間。

自從不小心聽見重倉的真心話之後，直紀就不再主動向重倉搭話了。因為他不想再給重倉帶來更大的困擾。

就算在員工餐廳之類的地方遇見重倉也不會向他搭話。即使如此，只要重倉人在附近，直紀的視線無論如何還是會捕捉到他的身影。

要是對上眼，只是點頭致意應該還算在可以被容許的範疇內吧。雖然直紀這麼想，重倉卻完全沒有注意到他的樣子，轉眼間就吃完飯並站起身來。目送重倉就這樣直接離開的背影時，直紀更是體認到他根本沒有把自己放在眼裡，心也跟著痛了起來。

既然如此倒不如乾脆不要跟他有任何接觸還比較輕鬆，但只要在同一間公司上班，就辦不到這種事。何況採購部跟業務部本來就在工作上有很多互動，只要直紀待在自己的座位工作，重倉一定會來到採購部。

那一天採購部只有水野跟直紀在，很不巧水野還正在講電話。

發現重倉一手拿著資料走過來時，直紀一瞬間想過乾脆離開座位好了。但無論逃到哪裡，往後一定也會一再發生同樣的狀況。直紀重新想了想，索性豁出去主動對重倉說：

「重倉，怎麼了嗎？又拿申請委託書來了？」

直紀自認為有特別留意用若無其事的口氣這麼說，但自己也不知道做得好不好。對於失去之前那段記憶的重倉來說，現在這樣的口吻聽起來可能也很裝熟，思及此，直紀便坐立難安不禁垂下視線。

當重倉走到直紀的座位旁邊停下腳步時，說著「不是」並搖了搖頭。

「我想確認一下零件的交貨期。」

「那我可以幫你查看看。是哪個機種？」

直紀一心想著至少在工作方面要幫上忙挺身而出，重倉卻只是再次搖了搖頭。

「是試作機要用的樣品。因為還沒開訂購單，只能問負責下單的水野小姐才會知道。」

「啊……原來如此。那就抱歉了。是我太多管閒事了呢……」

本來只是想幫他的忙，卻不太順利。這下子真的無法再直視重倉的臉低下頭去。

經過短暫的沉默之後，就在重倉說著「真柴」這麼叫了直紀的同時，水野正好掛上電話叫住重倉。當直紀抬起頭的時候，重倉已經朝水野看去，沒有看著自己了。

「重倉，抱歉讓你久等了。你要問樣品的交期對吧？我一直找不到那個專員。但再怎麼說這星期都該寄出了才是。」

「謝謝，這真是幫了大忙。」

「不過啊，好像跟樣品申請的東西在加工方面有點不太一樣，這樣沒問題嗎？他們說你申請的那個型號是舊製品。」

重倉大步離開直紀的座位，看向水野的電腦螢幕畫面。他一副好像都忘了在被水野叫住之前有對直紀搭話的樣子，已經不再回頭看向這邊。

（……他剛剛本來想說什麼呢？）

直紀慢吞吞地回到自己的工作上，腦子裡卻還在想像重倉那句話的後續。如果是以前的重倉，或許會加以否定直紀這番顯得有些看低自己的話。但現在的重倉又是如何呢？

無論是失去那段記憶之前還是現在，重倉的性格本身並沒有改變。直紀覺得他應該不會當著本人的面說出什麼會傷害到對方的話，然而他也無法忘懷先前重倉喃喃著「傷腦筋」那句話。

（……不能再讓他感到困擾了。）

總覺得重倉在跟水野談完之後，好像有朝這邊看一眼，但直紀已經不再看向重倉，埋首於手邊的工作。他已經不想再多說些什麼，卻又顯得白搭了。

重倉也是，他沒有再次跟直紀搭話，直接回到自己的座位上。直紀目送他的背影，像是鬆了一口氣，卻又感到有些失落一般，懷著就連自己也難以言喻的情感，直直瞪著手邊資料的空白欄位強忍下嘆息。

就在快要下班的時候，直紀重新讀過要寄給廠商的信件，仔細確認沒有錯字，收件人的資訊也沒有錯之後，這才按下送出鍵。至此今天的工作都結束了。他淺淺呼出一口氣，並環視整間辦公室。雖然還沒到下班時間，畢竟今天是星期五，總覺得公司瀰漫著一股放鬆的氛圍。

但這星期真是漫長。不經意聽到重倉跟遠藤在電梯口談到直紀，是星期一的事情。在那之後，直紀盡全力表現得若無其事的樣子跟重倉互動，不知道看在他眼裡做何感想。直紀已經不敢奢望能跟他成為關係親近的同事，只希望至少不要給重倉帶來困擾。

撇開視線之後，不禁看見重倉的座位。他今天好像到了下午就去跑外務，但從寫著行程預定表的白板上看來，應該是不會直接回家。直紀暗忖著還是在碰到他之前趕快回家，便將電腦關機，向周遭同事說「那我先走了」。

就在這時，才想說好像有道急急忙忙的腳步聲從走廊那邊傳來，就看到遠藤衝進辦公室。大概是剛從客戶那邊回來，只見他手中還抱著公事包，環視室內之後一看到直紀就直直朝他走了過來。

「真柴……！喂，你做了什麼事啊！」

「咦？怎、怎麼了？」

遠藤抓住直紀的手腕，一臉迫切的表情將他帶到辦公室角落。他可能是一路跑過來，因此呼吸還有點喘。他盡可能壓低音量對直紀說：

「你現在先不要下去一樓比較好……！」

「呃，為、為什麼……？」

「大廳有個很不妙的傢伙在鬧事啊！他一直吵著『叫真柴出來』，警衛都在拚命阻止！」

直紀一臉目瞪口呆的樣子看著遠藤。他的表情相當認真，怎麼看都不像是在開玩笑。豈止如此，他還很擔心地追問直紀「你到底做了什麼啊？」。

「那個男人的外表很明顯就不是什麼正經的人……！難不成你有跟什麼不好的地方借錢嗎？還是被他掌握了什麼把柄，以此威脅之類？」

「不、不不不，我才沒做那種事……你說看起來就不正經，是怎樣的感覺……？」

無法理解狀況的直紀這麼一問，遠藤先是說著「他啊」並壓低聲量。

「看起來感覺是個滿年輕的男人，但外表超引人注目。像個男公關似的穿著全身純白衣裝，頭髮還是亮眼的銀色，還有，應該是戴著金色的隱形眼鏡。」

總覺得很有印象的這些特徵，讓直紀眉頭漸漸皺緊。

「那傢伙在一樓喊著『叫直紀出來！聽不懂嗎，給吾叫真柴直紀出來！』之類的話。說話的語氣也有點奇怪，搞不好是嗑了什麼可怕的藥……」

「我知道了！遠藤，謝謝你！」

話都還沒說完，直紀立刻抓起包包衝出辦公室。背後傳來遠藤對他大喊著「別下去啊真柴，在警察來之前先躲好！」，但直紀只是朝他大大地揮了揮手表達「別擔心」，立刻搭進了電梯。

抵達一樓之後，就發現大廳充斥一股喧嚷的氛圍。

「叫個能溝通的傢伙出來好嗎！吾只是要你們叫直紀過來而已吧！」

朝著響徹大廳的聲音出處看去，只見兩個入口警衛在跟一個銀髮青年爭執不休。那個不斷頂撞警衛的人一如直紀預料，正是小粽。

就算警衛警告著「我要報警了喔」，小粽依然沒有要罷手的樣子。看到這個狀況，直紀連忙跑到小粽身邊。

「對不起！這個人是我朋友！」

小粽跟一左一右壓制住祂的兩位警衛同時回過頭來。

小粽一臉急迫的表情喊著「直紀！」並甩開警衛的手。

「你究竟要讓吾等多久！還不快點帶吾去古浦神社！」

「古……？」

「古浦啦！古浦神社！」

「我、我、我知道了啦，祢安靜一下！」

直紀把小粽拉到身邊，總之先因為引起這場風波向警衛道歉。警衛嚴正警告直紀不要再次發生這種狀況之後，便回到自己的工作崗位上。

「為什麼是吾等要低頭啊！吾可是拿出應有的態度拜託他們叫直紀出來喔，

但他們就是怎麼樣也講不通，吾才會這樣大聲嚷嚷……！」

「我知道了啦，總之祢過來這邊。」

直紀抓著小粽的手離開公司之後，總之先把祂帶到附近的公園問個仔細。

「我沒跟祢說過公司在哪裡吧，是怎麼找到這裡的？」

日落之後人煙罕至的公園裡，總覺得小粽興奮的情緒還沒冷靜下來，只見祂粗魯地撩起一頭銀髮。

「只要追尋你的味道走，這點小事不算什麼。電車也跟你一起搭過好幾次，所以搭乘的方法吾很了解。」

「但是小粽，祢身上沒有錢吧？」

「通過驗票閘門的時候就變回原本的樣子，在電車裡則是化作人形。」

「祢那叫搭霸王車好嗎！而且竟然還用這麼高調的模樣大鬧一場……！」

「沒辦法啊！還不是你跟吾說在原本的模樣時不可以講話！」

小粽大聲打斷直紀的話之後，猛地探出身體。

「而且吾根本顧不得這種事了！現在立刻就要找到古浦神社才行！」

這麼說來，祂在大廳也有說起這件事情。直紀總覺得這個神社的名稱有點熟悉，歪著頭回想時，小粽焦急地喊道：

「沒時間給你悠哉了！連接到原本世界的入口，就開在那間神社喔！」

直紀聞言倒抽一口氣，小粽則是滔滔不絕地繼續說了下去。

「太陽西沉的時候，主子大人直接對吾的心說話了。祂說可以回到那邊世界的入口就開在古浦神社。因此吾得立刻前往古浦神社才行。然而吾不知道那間神社到底在哪裡。直紀，你現在趕快查一下！」

直紀被小粽搖晃著肩膀，趕緊用單手壓住歪掉的眼鏡。

「等、等一下，祢說的古浦神社，不就是那裡嗎！就是祢一開始出現的那間神社！」

神社入口應該有立著一塊刻有神社名稱的石碑。受到風吹雨淋的石碑上頭，確實雕著「古浦神社」。

小粽一臉錯愕地喃喃著「什麼……」並鬆手放開直紀的肩膀。

「那麼吾反而跑遠了啊……既然如此，現在立刻回去吧！沒時間再搭什麼電車了，這時候就該搭計程車！」

「小、小粽，祢怎麼會知道什麼是計程車？」

「吾在電視劇看到的！像是遇到要追捕犯人之類刻不容緩的事態，都要搭計程車啊！好了，動作還不快點！」

雖然本來就有點缺錢了，但此時是攸關小粽有沒有辦法回到原本世界的關鍵時刻。直紀認為不是該省下這筆錢的時候，走到大馬路立刻攔下一臺計程車。說不定司機會拒絕動物共乘，因此還是請小粽維持人類的模樣。途中，直紀小聲向小粽問道：

「祢這副模樣不能撐太久對吧……？會不會途中恢復原本的樣子啊？」

小粽力道強勁地雙手抱胸，有些沒耐性搖了搖手指說著「沒問題」。

「你不在家的時候，吾依然持續進行修練。要維持這個模樣好幾個小時都不成問題。」

「這樣啊。難道祢是看穿這個狀況了嗎？」

「不，吾打算改天去吃那什麼甜點吃到飽。聽說要吃上將近兩個小時。吾是為此才進行修練。」

「……我還是頭一次聽到這個計畫的說。」

再說了，根本也不會把食物送進嘴裡的小粽，去吃到飽是要做什麼啊？幸好不會實行這個奇怪的計畫，直紀悄悄鬆一口氣。

前往目的地途中，車子好幾次遇到紅燈停了下來。由於小粽每次都會不耐煩地嘆氣，直紀為了分散他的注意力便說：

「原來從那邊的世界也能將聲音傳達給祢啊。那為什麼祢的主子大人之前都不這麼做呢？」

小粽看向直紀，語帶嘆息地說「你真的不懂耶」，這才回答道：

「在不曉得吾掉到這個世界哪個地方的狀況下，主子大人一直呼喊著吾。今天是朝著這邊的土地呼喊，明天則是換另一邊的土地，這才總算傳到吾的耳中。光是想像主子大人究竟為這件事情耗費多少心力──吾就覺得無地自容。」

朝著車窗外看去，小粽用低沉的嗓音喃喃地說：

「……說真的，吾曾以為忙碌的主子大人不可能為了尋找吾做到這種地步。想說既然已經回不去了，才會努力想要融入這邊的世界……」

話說至此就中斷了，小粽深深嘆一口氣。

看著一瞬間起霧的車窗玻璃，以及小粽微微顫抖著的肩膀，直紀便沉默地伸手撫上祂的背。

自從落入這邊的世界之後，小粽從來沒有陷入悲觀的思緒之中。說著順勢而為就好，白天一直看電視，週末則是四處去咖啡廳，看起來像是享受著這個世界，卻不知道祂內心是怎麼想的。

會不會其實一直都在壓抑見不到主人的寂寞，以及說不定再也無法回到原本世界的不安呢？

「……別擔心，馬上就能回去了。」

小粽只是沉默地點了點頭，沒有回首。祂的背之所以微微顫抖，是基於總算可以回去的安心感嗎？還是到這個時候，不禁擔心起究竟是不是真的回得去呢？

不知該向小粽說些什麼才好，一直到計程車抵達目的地之前，直紀只是默默地不斷安撫著祂的背。

當計程車停在古浦神社前面時，小粽動作快速地立刻衝出車外奔至神社。直紀也在付錢之後跟在祂後頭。

沒有照明的神社境內顯得昏暗，只能仰賴路燈微弱的光線從馬路那頭照過來。

小粽跑過參道，一心一意來到幾乎要垮掉的神殿前方，當場佇足一動也不動。直紀也站在祂身後環視四周。神殿的屋簷傾斜，進到建築物的木製階梯看起來也因為日曬雨淋而腐朽。路燈光線照不到位於深處的這個地方，雜亂無章生長在荒廢神殿背後的樹林更是發出颯颯聲音。

眼前看不見有什麼像是小粽可以回到原本世界入口的地方。該不會小粽的主人所敞開的入口已經關上了吧？

正當直紀內心想著「太遲了嗎」並緊握拳頭的時候，小粽緩緩回頭看了過來。

「直紀……真的有喔，那就是入口。」

這麼說著，小粽伸手指向感覺就快崩壞的神殿。

直紀驚訝地探出身子，然而神殿中央一片漆黑，看不到任何像是入口的地方。

發現直紀推了一下眼鏡，小粽也輕輕眨了眨眼。

「怎麼，你看不到嗎？人類的眼睛真是不晶亮啊。」

「就、就算祢這麼說……真的有嗎？」

當直紀想靠近神殿看看的時候，被小粽單手制止了。

「既然看不到就不要靠近。說不定連你都會一個失足跑去那邊的世界喔。」

「咦，我、我也可以去嗎？」

「只要你想就可以。但是，無法保證能夠回到這裡。」

直紀愣了一下往後退去。要是去神明的世界，而且就此再也回不來的話，幾乎跟死掉一樣了。

看著直紀一臉緊繃的表情，小粽出聲笑了起來。大概是發現可以回去原本世界的入口感到放心，祂現在的表情跟搭計程車時截然不同，放鬆了許多。

「那麼，吾要回去原本的世界了。直紀，受你照顧了呢。」

小粽伸出手，用雙手握住直紀的手。祂稍微彎腰，讓兩人可以迎面對上視線。

「多虧有你，讓吾在這邊的世界也不會感到無趣。住在公寓不但很舒服，去咖啡廳也讓吾覺得很開心。就算回到原本的世界，吾也會祈望你的人生有著一片榮景。」

小粽瞇細金色的雙眼，再次確實地握緊直紀的手。

化作人形的小粽雖然有著引人注目又相當端正的臉蛋，但那雙眼睛的神情不變。回想起小粽那柴犬般外貌的臉，直紀也不禁莞爾。

「謝謝。可以跟小粽一起生活一段時間，我也覺得很開心。回去的路上要小心喔。」

「唔嗯……不過，唯有一點讓吾掛心的事情。」

總算可以回去了，小粽卻不知為何一臉陰沉地低下頭。直紀內心浮現一個臆測，挺身對祂說：

「你很懊悔沒有吃到甜點吃到飽嗎……？但是啊，那個與其說是享受甜食，聽說更像是一場與自我的壯烈戰爭……」

「不是。吾掛心的是你。」

小粽傻眼地打斷直紀的話，試探般看向他的眼睛。

「吾實現你的願望，作為代價，你讓吾借宿在家中。然而，吾真的有實現你的願望嗎？你跟那個男人感覺可以順利走下去嗎？」

面對這個在最後的最後拋來的問題，直紀嘴邊浮現一抹苦笑。

「……小粽，祢確實有實現我的願望了。雖然只是一時的，但我總覺得有點可以理解重倉的心情。」

「也就是說，不是很順利嗎？」

直紀垂下眼，搖了搖頭。

「看不見耳朵跟尾巴之後，我又搞不懂重倉在想什麼了。如此一來，就跟之前一樣，連要向他搭話都感到退縮……」

「既然如此，吾最後可以再施展一次術法喔。畢竟吾要回去原本的世界了，因此沒辦法持續太久，但如果是一個晚上還是能夠看到——」

「不行。」

直紀抬起頭來，果斷地拒絕小粽的提議。祂皺起眉間問著「為何？」，但直紀只是露出有些無力的笑容。

「雖然許願希望知道重倉想法的人是我，但這樣果然還是不行。我覺得可以偷偷窺見別人的心思太卑鄙了。我明明沒有坦承內心的所有想法，卻能窺見重倉的反應……」

正因為都只仰賴這種事，一旦看不見重倉的耳朵跟尾巴，就不知道該怎麼應對才好。甚至不知道重倉失去了與自己共度那段日子的記憶，還一直找他攀談，現在更被重倉說到「覺得很傷腦筋」這種程度。豈止回到之前的狀態，根本是從負的地方重新開始。

反握小粽的手，直紀將一直以來埋藏心底的想法說了出來。

「我一開始就覺得這樣像在窺視別人內心一樣，好像不太好。但一得知重倉比想像中更有好感地看待我，就讓我覺得開心不已，明知是不對的事情，卻還按捺不住，更無法罷手。我已經無顏面對重倉了。」

「那麼，你是要對那個男人死心嗎？」

直紀被小粽使勁拉了一下手，踉蹌著步伐向前踏出去。這讓他跟小粽的距離更靠近一些，那對金色瞳眸迫近到眼前。

「施展讓你可以看清那個男人內心這項術法的是吾。你並沒有錯。既然單方面看見對方的耳朵跟尾巴讓你感到過意不去，那麼乾脆——」

就在小粽一臉認真這麼說的時候，通過神社前方那臺車子的大燈，照進了昏暗的參道。

別說人了，車子也很少通過這條路。下意識朝那邊看過去之後，不知為何剛才本應向前開去的那臺車又後退停在神社入口處。是不是計程車呢？才想說好像有人下車，那個人物就踩著慌亂的腳步走過參道，來到神殿前方。

衝過來的人物感覺是個高大的男人。直紀想著「究竟是誰跑來這種近乎荒廢的神社，又要做什麼」這種輪不到他來說的話，繃緊了身子。

（但是，那個輪廓感覺好像很熟悉……？）

在一片昏暗之中，直紀看不太清楚對方的臉。就在他瞇眼定睛看著時，對方出聲喊道：

「真柴！你沒事吧！」

那道響徹整個神社境內的低沉嗓音，讓直紀不禁睜大雙眼。聽這聲音，難道是重倉嗎？

「重、重倉？你怎麼會來這裡？」

完全無法理解重倉在這個時間點出現是什麼意思，直紀不禁拔高聲音這麼問。一度想過該不會是小粽施展什麼術法把重倉叫到這裡來，然而祂也是一臉驚訝地看著重倉。多虧如此，他們完全錯過鬆開彼此雙手的時機了。

突然現身的重倉注視著直紀他們，用比平常更加低沉的嗓音說：

「我跑完外務回到公司時，不知為何公司裡好像有什麼事鬧得很大的樣子。聽說真柴被討債的人擄走之類……」

「討、討債？」

「遠藤是這樣說的。」

直紀回想起離開辦公室那時的事情，接著仰身喊「天啊」。都是因為沒有仔細向遠藤說明的關係，辦公室內似乎因此出現莫名其妙的傳聞。

「我覺得很擔心，就去問警衛究竟是什麼狀況。結果他們說有個銀髮男子把你抓走，還大吵大鬧地說要去古浦神社……」

一邊說著，重倉的視線便看向直紀跟小粽的手。

這時直紀發現彼此的手還握在一起，連忙從小粽的手中抽回，但小粽反而握住直紀的肩膀，將他抱過來。不知祂為什麼要這麼做的直紀眨了眨眼時，另一頭便傳來艴然不悅的低沉嗓音。

「——你這傢伙，之前也有見過面對吧。」

因為這道地鳴般的聲音而愣愣環視四周的直紀，總算理解到是出自重倉之口的時候，不禁嚇得半張開嘴。從以前就覺得重倉的聲音低沉，但這還是第一次聽見如此險惡的聲色。

小粽就算被重倉瞪視也不為所動，豈止如此，祂更是愉悅地揚起笑容。

「這麼說來，之前吾跟直紀約會的途中有遇見你吧？」

「等……小粽，什麼約會……」

祂選錯用詞了吧。儘管每天都透過電視學到新的用詞，小粽還是對人世間的事情相當生疏。祂應該認為「約會」這個詞大概跟出門玩的意思差不多，然而直紀卻無法訂正祂。因為重倉此時用更加低沉的聲音開口說：

「那個時候，你也說自己是真柴的戀人吧。這是真的嗎？」

意料之外的話讓真柴睜大雙眼。在重倉長出耳朵跟尾巴那段期間，跟直紀一起度過的記憶應該大多都忘了，沒想到還記得這件事啊。即使如此，卻忘了解開誤會那時的事情，真的是糟糕透頂。

小粽依然抱著直紀的肩膀，心情很好地瞇細雙眼。

「天曉得，你說呢？你覺得吾是直紀的戀人嗎？」

「不、不不不，小粽……」

「不覺得。你不是真柴的戀人。」

不等直紀介入仲裁，重倉伸長手直接抓住直紀的手臂。才想著要被他拉過去了，小粽就看準時機放開抱著直紀肩膀的手一時之間站不穩腳步的直紀，像被牽引一般倒進重倉的懷裡。撞上那寬闊的胸膛時，還差點發出「咿！」的聲音。

被重倉緊緊瞪著的小粽高舉起雙手，揚起嘴角露出笑容。

「為何能斷言吾不是直紀的戀人？」

「你看起來並不珍惜真柴。上次好像在跟他要錢，今天也完全沒有考慮會給真柴帶來麻煩就跑去公司了吧。更重要的是，在那樣人來人往的地方公然說出戀人之類的話也很奇怪。何況真柴感覺不是會在感情方面那麼開放的類型，怎麼看都比較像是你在找他麻煩。」

重倉一邊說，依然用要從小粽手中保護直紀一般的姿勢將他抱進懷中，不願鬆手。直紀抬頭看他，心中感到意外地眨了眨眼。

（難道他是擔心我，才會搭計程車追過來嗎……）

仔細想想，重倉打從一開始就懷疑直紀是不是被小粽勒索了。而就在今天，因為小粽突然跑到公司來，讓他心中的那份疑慮化為確信了吧。

（為什麼……明明就說是我害他傷腦筋……）

一心以為重倉不想靠近自己，為什麼還要特地搭計程車追過來呢？是因為無法輕忽同事身陷危機嗎？直紀確實知道重倉外表看起來冷淡，但其實是個無法對他人見死不救的男人。

（我也很喜歡他這樣的一面，但沒必要在這個時間點……！）

心裡已經不想再更喜歡重倉了，這時卻又讓直紀再次體認到這點。

眼角餘光看著因為喜歡的心情滿溢而顯得頹唐的直紀，重倉甚至散發出敵意向小粽問道：

「你是真柴的什麼人？」

小粽依然快活地笑著，背靠上感覺就快崩塌的神殿並雙手抱胸。

「你猜啊。不過這該怎麼說明才好呢，直紀必須聽從於吾，也不得違抗吾說的話。」

「你手中握有真柴的把柄啊。」

重倉更是壓低了聲音，這讓在一旁聽著的直紀不禁抖了一下。

小粽看著一臉鐵青的直紀，自喉間發出笑地說「是啊」。

「若要說是把柄，那也沒錯。直紀，你不想被人知道那個祕密吧？尤其是這個男人。」

感覺話中有話的那道眼神，讓直紀不禁渾身僵硬。那個祕密是指哪個祕密啊？是直紀單戀重倉這件事嗎？還是偷偷看著重倉的耳朵及尾巴的事情呢？無論何者都確實不想讓重倉知道，直紀也只能沉默不語點了點頭。

「閉嘴，不准威脅真柴。」

重倉語氣凶狠地對小粽這麼說，接著便看向直紀。

「別擔心。不管他說什麼我都不會放在心上，也不會向其他人說。更重要的是，那個男人跟你是什麼關係？應該不是戀人吧？」

臉被重倉湊近一看，直紀立刻撇開視線。他當然知道現在可不是想這種事情的時候，然而一旦在這個距離下被緊緊盯著看，就會回想起在資料室中被重倉舔了臉頰的事情，讓他無法維持平常心。

面對無法立刻回答出來的直紀，小粽便代為做出回應。

「這個嘛。雖然不是戀人，但直紀對吾來說，依然是很重要的人喔。不但是個很好的消遣對象，更是吾的搖錢樹。也可以說是吾的錢包吧。」

重倉倒抽一大口氣，向直紀問道「這是真的嗎」。直紀不知道小粽為什麼要特地用這種煽動重倉的說法，儘管一臉困惑，他還是點了點頭。

「是、是啦，大致上是這樣沒錯，但他絕非壞人……」

「竟然沒有否定啊！」

要是扯些容易被識破的謊言只會讓事情變得更複雜，所以才會盡可能說出真話，沒想到好像造成反效果。重倉一臉嚴肅地說著「你醒醒啊！」並搖晃起直紀的肩膀。

「你被他說是搖錢樹喔！那種傢伙如果不是壞人，又是什麼！」

「不、不是啦，他只是沒有錢而已！」

「就算沒錢也不代表他可以勒索你啊！」

重倉大聲駁斥直紀的解釋後，轉頭看向小粽。

「你也是！沒錢就靠自己去工作！不要再來糾纏真柴了！」

重倉用發自丹田般的重低音喊道。他的側臉看起來就跟犬化並打算襲向直紀那時一樣凶惡，甚至更勝一籌。那股怒氣的矛頭分明不是指向自己，直紀還是因為那彷彿現在就要齜牙裂嘴低吼起來的表情不禁顫抖。

然而就算滿滿的怒氣迎面襲來，小粽依然若無其事看著重倉。豈止如此，祂更「唔嗯」地用一副深感興趣的神情瞇細雙眼。

「你就那麼擔心直紀啊？」

「那是當然。」

聽見這句立刻做出的回答，直紀不禁注視重倉的側臉。明明那麼不想靠近突然裝熟般前來搭話的自己，這個人究竟是多溫柔啊。而且自己又該像這樣無邊無際地喜歡重倉到什麼程度才好，都已經深不見底了。

直紀紅著臉注視重倉，但他卻好像完全沒有察覺直紀這樣的反應一般，只顧緊瞪小粽。交互看著這樣的兩人，小粽這時露出滿面笑容。

「怎麼，看樣子你們已經夠要好了啊。」

換下直到剛才那樣無所畏懼的表情，小粽露出純真的笑容。這對直紀來說是熟悉的表情，但重倉可能是對於表情突然一變的小粽感到困惑，像是要保護好直紀一般，更是使勁將他的肩膀抱了過來。

小粽含笑看著重倉過度保護的反應，便朝著直紀看去。

「好啦，那麼吾也差不多該消失了。電燈泡還是趕緊離開的好，對吧。你們往後就自己好好相處吧。」

小粽輕輕一個轉身，就踏上通往神殿，幾乎快要腐朽的階梯。那段階梯遠遠望去也能看到有龜裂的地方。怎麼想都不可能有辦法承受一個成年男性的體重，然而階梯卻沒有發出任何吱嘎聲，小粽十分穩妥地走上本殿的迴廊。

走上迴廊的地方有著格子狀的門。裡頭本來應該祭祀著神像吧。小粽站在現在空蕩蕩的房間前方，轉身看向直紀。

「直紀，真的多受你的照顧了。謝謝。雖然不知道吾這份不成熟的力量究竟有沒有替你實現願望……但在吾看來，你的前途洋洋喔。」

瞇細那雙金色眼睛的小粽伸手搭上格子門，便順暢地朝旁邊開啟。深處的房間一片漆黑，就算定睛細看也見不到任何東西。感覺像要將所有光線都吞噬一般的黑暗就悄悄盤踞在那裡。

小粽半身踏入微微開啟的格子門，用響徹整片夜晚神社的明亮嗓音說：

「直紀啊，就給你一份餞別吧。你對於擅自看見那個男人的內心感到愧疚吧？既然如此，就讓你也遭受一樣的境地。這樣就互不相欠了。」

突然揭發這個祕密讓直紀愣了愣，但重倉似乎無法理解的樣子。見他費解地皺起眉間，直紀也鬆了一口氣。

半身踏入格子門另一側的小粽開心地瞇起雙眼，這次祂的身影真的流暢地消失在另一頭。格子門無聲關上之後，神殿深處再也沒有傳出任何聲響。

神殿後方那片生長茂盛的樹林發出颯颯聲音，直紀跟重倉兩人不禁面面相覷。

「……沒出來啊。」

重倉悄聲喃喃。就算在這裡等了一陣子，神殿當中一樣寂靜無聲，大概是再也忍受不住了，重倉便朝著神殿靠近。

「重、重倉，很危險啦……！」

直紀雖然出聲阻止，重倉卻不是很在意地靠近神殿，踮起腳朝格子門裡頭看了過去。為了不讓重倉自己過去，直紀也畏畏縮縮地朝著神殿靠近。

站到他身邊時，重倉突然往後退一大步。

「裡面竟然沒有任何人。」

大概是感到動搖，重倉的聲音聽起來有些拔高。直紀也踮起腳朝裡頭看了看，只見格子的另一邊擺了一張像是桌子的東西。可能是祭壇吧？沒有放置其他東西的室內很是狹窄，大小頂多只有兩三坪而已。沒有任何可以讓一個人躲藏的地方，然而卻四處不見小粽的身影。當然，祂也沒有變回狛犬的模樣。神殿當中算是動態的東西，只有應該是從格子門的縫隙被吹進去的枯葉而已。

看著空無一人的神殿內部，直紀心想，祂回去了啊。

（小粽一定是回到原本的世界去了……）

既然祂不在這裡，那就是代表這個意思。直紀放心地呼出一口氣。

然而下個瞬間，重倉的手從身旁伸過來，使勁抓住直紀的肩膀。

「喂，真柴……！你……！」

看著重倉緊繃的表情，直紀被拉回現實之中。

重倉一臉混亂不已的模樣看了過來。眼前有個人類突然間就消失，會這麼驚訝也是理所當然。

（要、要從哪裡開始說明才好啊？乾脆老實向他解釋小粽是狛犬……但他會相信嗎？是不是乾脆說小粽是幽靈還比較好……？）

直紀拚命思考這些事情，然而他發現重倉看著自己的視線好像有些偏頗，覺得有些奇妙。

即使碰巧對上眼，重倉的視線還是時而向上，又時而向下地看來看去。他究竟是在看什麼呢？視線感覺都在直紀的頭上以及腰際游移。

重倉緩緩鬆開抓住直紀的手之後，便緩緩朝著他的頭伸過去。

「真柴，那個……那是什麼？」

「哪、哪個……？」

就在直紀完全不知道發生什麼事全身僵在原地時，一陣發麻的刺激感便竄過頭皮。

「哇、哇啊！」

嚇得驚叫出聲之後，重倉也愣愣地抽回了手。

直紀不知道他做了什麼，便伸手攏上自己的頭。結果，指尖捕捉到感覺跟頭髮不一樣的輕柔觸感。

「……唔？這、這是什麼？」

只要一碰，頭皮就會有點發麻。由於不是疼痛的感覺，應該沒有受傷，但總覺得部分皮膚好像變得格外敏感。

但這個埋在頭髮間很輕柔的東西究竟是什麼？用手指捏了捏，意外地滿薄的。而且似乎還長著毛。這並非第一次碰到的觸感。總覺得跟小粽的耳朵很像……

「——耳朵？」

直紀驚訝地伸出另一隻手放到頭上。果不其然有著毛茸茸的突起物左右對稱地長在頭上。輕輕一拉，皮膚還會有點痛。

這肯定是從原本的皮膚長出來的某種東西。

直紀錯愕地抬頭看向重倉。

「……重倉，我頭上該不會長了……像、像狗一樣的……耳朵……？」

直紀用顫抖的聲音這麼一問，重倉卻只是皺著眉頭，遲遲沒有要做出回應。不是嗎？是嗎？等不及地喊著「重倉」的聲音，依然難堪地顫抖著。

重倉先是咬緊牙關，接著伸手掩住嘴邊從直紀身上撇開視線。接著，他用感覺相當難以開口的表情回答直紀的問題。

「……是長著……像狗一樣的耳朵。還有……尾巴。」

「還有尾巴！」

直紀整個人跳起來看向背後。結果，還真的有著一條尾巴。試著一摸，尾椎骨那邊就竄起一陣麻痺感。這也很明顯是從直紀的身體長出來的。不知道連接的根部是什麼狀況？褲子上會不會開了一個洞呢？直紀想著這些一邊扭動身體，結果不經意做出跟狗一樣追著自己尾巴的舉動。

大概是看不下去了，重倉抓住在原地轉來轉去的直紀的手臂。

直紀不禁抖了一下，身體也跳了起來，將雙手擺在頭上遮住耳朵。

「重、重倉，這、這個是……呃，我、我該怎麼說明才好……」

直紀一點一點後退，想跟重倉拉開距離，然而手還被他抓著，怎麼樣都沒辦法逃離這個地方。

重倉露出一臉困惑至極的表情看過來。這也是理所當然。才剛有個人從眼前消失，現在同事又長出狗耳朵跟尾巴。這些事情都太荒謬了。要是一個弄不好，甚至還有被誤以為這些全都是在惡整的危險。

本來就已經給重倉添夠多麻煩了，也對他感到很愧疚，甚至還被說「很傷腦筋」。一心想著不希望再更被重倉討厭的直紀，只是低頭緊握耳朵。這個動作弄痛耳朵的根部，不禁咽嗚一聲。正想著這下子就跟真正的狗沒什麼兩樣時，直紀突然被重倉單手抱了過去。

「真柴，你冷靜一下，沒事的。」

彼此的身體貼在一起，讓直紀不禁屏息。別說逃開，全身還僵硬又動彈不得時，重倉就伸手輕撫了他的背。

背部在反覆輕撫當中，原本僵硬的身體也一點一點放鬆下來。抓著耳朵的手跟著鬆開，直紀畏畏縮縮地抬頭看重倉。

「沒……沒事嗎……」

「不，說真的怎麼想都很令人擔心……我不知道究竟是發生了什麼事。不過，沒事的，你別害怕。」

說著這番自相矛盾的話，重倉一再撫摸直紀的背。

內心想法被看透令他感到難為情地垂下視線，結果就在自己雙腳膝蓋間看見一點探出來的尾巴尖端。發現自己就跟害怕的狗會將尾巴夾在雙腿間是一樣的狀態，直紀的臉更是紅了起來。想必頭上的耳朵也是垂下來的模樣吧。

完全無法掩飾內心想法，只能低著頭顫抖的時候，重倉語氣輕柔地細聲說：

「那個……這對耳朵跟尾巴做得還真好。是怎麼讓它動起來的？看那動作就跟我老家養的狗幾乎沒什麼兩樣喔。」

重倉似乎以為直紀的耳朵跟尾巴是假的。這也無可厚非。直紀一開始看見重倉頭上長出耳朵時也是這麼想。

還是乾脆真的當作是穿戴著玩具耳朵跟尾巴好了？但如此一來，重倉又會怎麼看待直紀這樣的行動呢？重倉是擔心自己才特地趕過來，直紀卻戴著耳朵跟尾巴胡鬧。這也太莫名其妙了。直紀也不想害自己被誤會成會做出這種不明所以的事情的人。

就算說出實話，他應該也覺得難以置信吧。但現在這個情況下要是保持沉默，可就沒戲唱了。而且可以的話，直紀不想毀掉跟重倉之間的關係。

直紀依然低著頭，在吸一大口氣之後，用顫抖的聲音悄聲說：

「……這不是假的。」

重倉輕拍直紀背部的手停了下來。不知道是不是聲音太小沒聽清楚，總覺得重倉稍微彎下腰，直紀便豁出去地抬起臉說：

「這對耳朵跟尾巴全是真的！」

說話的聲音大一點，頭上的耳朵就直直豎起了。

重倉睜圓雙眼，交互看著直紀的臉跟耳朵。他開了口卻欲言又止，不知道是不是說不出話來，又沉默地閉上。

看見他一臉像是不知該如何面對突然說出這種夢話的同事，而感到厭煩似的表情，直紀再次無精打采垂下耳朵。

「……但你應該也不會相信吧。」

「不，等等，我信。我相信你，所以耳朵跟尾巴不要這樣垂下來。這讓我回想起我家的狗。」

面對稍微壓低頭的直紀，重倉再次來來回回地安撫著他的背。他說起話來變得有點快，是因為感到不知所措嗎？

「我知道了，也就是說，那對耳朵跟尾巴都拿不下來對吧？是真的話應該不行吧？真柴，你家在這附近嗎？有辦法這樣直接回去嗎？」

重倉一臉擔心地這麼問，直紀便輕輕碰了碰耳朵。

那時只有直紀能看見重倉的耳朵跟尾巴，但自己這個又是如何呢？重倉看得見，是不是就代表其他人也看得見？雖然只要離開神社，看看其他走在夜路上的路人反應就知道了，但自己真的有辦法在被那樣傻眼地回頭看之後，還若無其事走回到家嗎？

看著光是想像一下表情就變得陰鬱的直紀，重倉稍微加強了輕拍他背的力道。

「不介意的話，我送你回家吧。比起自己一個人，兩個人一起走，心情上也比較好過吧。萬一遇上警察盤查，我也會用懲罰遊戲之類的藉口替你蒙混過去。」

直紀一股勁地抬起頭來看向重倉。他這個提議太令人感激了。低頭說著「那就拜託你了」之後，重倉勾起一抹微笑。察覺到他的視線正看向自己身後便轉身一看，只見腰際後面的尾巴正大幅搖擺著。

完全是下意識的動作。直紀慌慌張張伸手壓住尾巴，但尾椎骨的地方會覺得麻麻的，因此也不能壓得太用力。結果尾巴尖端依然緩緩搖晃著。

「我送你回公寓，告訴我在哪裡吧。」

重倉把輕輕握起的拳頭抵在嘴邊，背對直紀。他大概是在笑吧。

直紀也記得這種感覺。耳朵跟尾巴的反應勝於雄辯，光是看著都會感到莞爾。無論本人再怎麼想掩飾，坦率的情感還是能看得一清二楚。

直紀依然用手壓住身後的尾巴，腳步搖搖晃晃地跟在重倉後頭。尾巴到現在還是搖個不停。而這真正的理由，想必重倉也不會知道。

當然，他沒將這副模樣的自己獨自丟到夜路上，確實很令人感激。但能跟重倉在一起，讓直紀感到更加開心。

（只要有重倉在身邊，感覺尾巴就會一直搖個不停……）

現在也是，想也知道一旦鬆手，尾巴就會搖來晃去，因此直紀在抵達公寓之前，一路上都沒辦法將手從尾巴上抽離。

從神社回到直紀住的公寓大概要十分鐘左右。直紀一直躲在重倉高大的身體背後躡手躡腳地走著，幸好在回到家之前，都沒有遇見其他行人。

到這個時候直紀已經疲憊不堪。對於單戀重倉的直紀來說，要是自己內心的想法繼續這樣透過耳朵跟尾巴被重倉看個透徹，精神上的負擔可是很不得了。話雖如此，在這個狀況下也不可能什麼說明都沒有就跟他道別，何況重倉也是一臉有話想說的樣子注視過來，直紀抵抗不了這股沉重的壓力，還是讓他進到家裡來了。

「呃，你隨便找個地方坐吧……我去泡個咖啡。」

將重倉帶進套房的房間之後，直紀在廚房按下電熱水壺的開關。他一邊等待水煮沸，眼神不禁朝旁邊的房間瞥去。

直紀家的格局跟重倉家相去無幾，地板鋪著地毯並放了矮桌，床就配置在靠牆的地方。重倉直接坐在地上，好像覺得很稀奇地環視室內。

單戀對象就在自己家裡。一想到這點不禁感到興奮，尾巴更是猛地豎起來。驚覺這點的直紀也伸手到頭上一摸，果不其然耳朵也是直挺挺的。雀躍的心情這樣如實地表現出來，讓他覺得很難為情。

（怎、怎麼辦，什麼都掩飾不了……）

看樣子，還是不該讓重倉進到家裡來的。再這樣下去，遲早會被他察覺內心這份情愫。畢竟重倉老家有養狗。光是看到耳朵跟尾巴的動作，直紀的心思想必一目瞭然吧。

當直紀苦惱不已時，水也煮開了，他便壓低頭沖咖啡。

「久、久等了……」

兩手拿著杯子走進房間，一杯放在重倉眼前。他道謝接過之後，看了坐在隔著矮桌對面的直紀，感覺傷腦筋地垂下眉毛。

「……你別這麼緊張。」

直紀無力地點了點頭，然而垂下來的耳朵跟尾巴沒辦法硬是挺起來。無論是哪一邊好像都直接與直紀的情感連結，沒辦法靠意志的力量動作。

重倉啜飲著咖啡，再次迎面看向直紀這副模樣。

「那個耳朵跟尾巴……拿不下來對吧？」

「嗯……」

「我可以摸看看嗎？」

話才說完，重倉就朝著桌子的另一頭伸出手。一時之間直紀也無法抵抗地縮起肩膀。重倉的手擺在頭上，手指滑過耳朵的根部。

「咿！哇、哇哇……」

「……好驚人，還真的跟肌膚緊緊相連在一起。」

重倉的指尖撫過頭皮，讓直紀背脊的細毛都倒豎起來。

重倉就這樣直接摸向狗耳朵的耳尖。這個原本不存在的器官，唯獨那裡的皮膚特別薄又格外敏感的樣子，重倉指尖的厚實感及體溫都赤裸裸地傳達過來。

「是赤色的毛……尾巴好像還摻雜一點白毛。從那捲尾看來，是柴犬嗎？就跟我老家養的那隻狗一樣。」

重倉感覺很稀奇地摸著直紀耳朵的背面及根部，但當他發現直紀一臉緊張的表情還縮起脖子，這才總算鬆開手。

「是真的呢。」

簡短斷言之後，直紀驚訝地抬起臉來。

「你、你相信了嗎……？」

「耳朵跟肌膚這麼緊密相連在一起，也只能相信了吧。」

重倉表情不為所動地這麼說，伸手拿起馬克杯。

「但是，你馬上就說突然長出來的那個東西是真的，感覺像打從一開始就知道一樣。難道你對於長出耳朵跟尾巴這種事情，其實心裡有數嗎？」

尖銳的指摘讓直紀倒抽一口氣。在重倉喝著一口咖啡的時候，直紀拚命絞盡腦汁，卻還是想不到什麼好藉口。

望著直紀一臉狼狽的樣子，重倉用平淡的口吻說：

「這跟那個像魔術表演般，整個人消失得無影無蹤的銀髮男有什麼關聯嗎？」

重倉用的姑且是疑問句，然而在這句話當中聽得出一股確信。

直紀本來緊握著雙手擺在腿上，最後還是死心般從指尖鬆懈下力道。已經無法再蒙混下去了。畢竟重倉都因為聽信直紀被討債的人擄走這個錯誤情報，特地追過來了。面對這樣的人，直紀不想信口開河掩飾過去，便將所有真相慢慢說出口。

從在神社將小粽帶回家照顧那時開始說起，包括小粽是神的眷屬，原本是一隻白色小狗的模樣。還有今天，可以通往小粽原本世界的入口終於開啟，於是回到了主人的身邊。

在說明這些事情時，重倉完全沒有插嘴說些什麼，直紀卻一再覺得越講越挫折。雖然是自己說出口的話，但真的太不可思議了。

「你、你應該覺得難以置信……但我沒有說謊。」

直紀沒有勇氣直視重倉感到困惑的表情，便注視自己的腿悄聲說道。重倉聽完只回應一句「這樣啊」。

直紀心想他聽了果然不當一回事，抬起一張消沉的臉時，不知為何重倉卻接受了這個說法點了點頭。

「總算解開一個謎題了。大概半個月前，就常看到你的西裝上沾到動物的毛，想說你可能是開始養狗或養貓了。而且這個家裡也到處都有毛，卻看不到任何寵物，我才正覺得奇怪。」

直紀趕緊看了一圈。定睛一看，地毯跟棉被上確實都留著小粽的白毛。他完全沒有發現連西裝上都有沾到。

「何況很難突然將寵物交給他人照顧。既然你說那個銀髮男的真面目是狗，那應該就是吧。實際上那傢伙也在我們面前消失無蹤了。」

「沒、沒想到你還滿容易就接受了呢……」

「與其說容易，畢竟是親眼目睹的事情，也無從否認吧。更重要的是，還有一件事情令我更加在意。」

重倉的語氣很認真，直紀也有些緊張地探出身體。眼前有個人突然消失，而且正在跟一個長出狗耳朵及尾巴的同事隔著桌子面對面交談的狀況下，有什麼令他更加在意的事情呢？

重倉的視線游移一下，手指抵到嘴邊，語氣平緩地說：

「我也不是記得很清楚……但那個銀髮男在消失之前，是不是說了什麼奇怪的話？『對於擅自看見那個男人的內心感到愧疚』之類，還有『就讓你也遭受一樣的境地』什麼的……在那之後，你就長出耳朵跟尾巴了。」

直紀嚇了一跳之後，腰際就湧上一股平靜不下來的感覺。不用回頭看也知道，尾巴一定做出反應了。頭上的耳朵也肯定向後傾倒。

看著直紀一時無言以對的反應，重倉瞇細了眼。

「多虧有尾巴跟耳朵，讓我比平常還要更好理解你在想些什麼。感覺就像在窺視你的內心想法一般。」

儘管直紀開了口，也只能發出斷斷續續的氣音。他雖然想趕緊找個藉口解釋，但一看到重倉率直的雙眼，也就無力再做最後的無謂掙扎。

「難不成我有長出耳朵跟尾巴，而且你能看見？」

不等直紀做出回應，重倉很快就導出真相了。

直紀本來還緊咬著嘴唇，但很快就鬆口，無力地點點頭。

「……對不起，我之前就能看到。是小粽——那個銀髮的人幫忙施展了術法。」

「現在也看得到嗎？」

重倉立刻這麼問，直紀搖了搖頭。

「現在已經看不到了。我硬是拜託小粽消除掉了。只是……小粽即使可以施展術法，好像還不太會解除術法的樣子。硬是解除之後，好像留下類似副作用的後果……」

一邊瞥向重倉的臉色，直紀一臉苦澀地繼續說下去。

「所以，你對於這幾個星期的記憶才會變得有些曖昧不清。尤其是以跟我相處過的時間為中心，忘記一些事情。」

「我忘記了哪些事情？」

「像是我妻工廠的板金發生了一點問題之類，還有在那之後我們一起去炸雞專賣店吃飯的事情等等……」

「那些事情我都沒忘啊。」

被越來越尖銳的聲音一口駁回，讓直紀嚇得肩膀都抖了一下。耳朵好像也一起蓋了起來，讓重倉連忙探出身子。

「抱歉，我說話太大聲了。我並不是生氣，只是覺得驚訝而已。真柴幫我撥電話給我妻老闆的事情，還有在那之後我們一起去吃炸雞的事情，我都記得很清楚。」

沒想到只要當直紀感到害怕地折下耳朵並垂下尾巴，重倉就會跟著感到慌張。他腦海中或許是回想起老家那隻狗了。

就算只有尾巴也好，直紀也盡可能想藏在自己背後，但他還是用微弱的聲音做出反駁。

「因為當我跟你說，我妻老闆也找你去工廠參觀的事情之後，你跟我說『為什麼希望我去？』，我才會以為……」

「那單純只是因為我真的不知道他為什麼要我這個業務部的人去參觀。」

重倉說著「當然會這樣想吧」，並探出身子。

「如果是採購部或工廠品質管理部門的人就算了，我這個業務去工廠感覺就像在監工一樣，很奇怪吧。」

「老、老闆的意思應該不是在於監工，而是希望讓你看過現場工作流程，明白不是隨隨便便都能縮短交期而已……」

「……原來是這個意思啊？」

重倉眨了眨眼。看來這真的只是他誤會直紀的話而已。

「但是，一起去炸雞專賣店那件事呢？當我約你改天再一起去的時候，你沒有立刻給出答覆，難道不是忘記我們之前一起去過的事情嗎……」

「不，那件事我也記得。你後來約我的時候，沒有立刻答覆是因為——」

話說至此，重倉突然停頓下來。室內流淌著一陣沉默，感覺好像有股涼意冰冷地撫過直紀的心臟。

（……難不成，他只是單純不想跟我一起去吃而已？）

要是如此，沒有立刻想到這個可能性的自己也太難堪了。結果不是喪失記憶那種格局的事情，他只是在躲著自己而已嗎。當他緊緊握住放在腿上的手時，坐在對面的重倉一副像是要踹倒桌子般，猛地站起身來。

「不是！雖然不知道你心裡在想什麼，但大概不是你想的那樣！拜託你了，別一臉消沉的樣子咽嗚地叫！」

突然被他這麼一吼，直紀抖了一下身體，隔了一拍才總算聽懂重倉這句話，連忙伸出一隻手摀住嘴巴。

「咦……！我、我、我有發出聲音？」

「竟然是無意識的嗎……！饒了我吧……！」

重倉低吟般這麼喃喃著並繞過桌子，動作粗魯地在直紀身邊坐下。才在想不知道他要做什麼，重倉就伸出兩隻手，突然間搔起直紀的頭。

「哇啊，重、重倉……？」

「別擔心，我沒有在生氣……真柴，你之前就一直這樣畏畏縮縮的，我究竟是做了什麼讓你感到這麼害怕的事情嗎？」

重倉難得露出這麼好懂，實在無計可施一般的表情。

沉默地搖了搖頭之後，他就像要將弄亂的頭髮順直一般撫摸直紀的頭。

被重倉那厚實又溫暖的手反覆摸著頭時，心中根深蒂固的不安感也漸漸溶化了。直紀又下意識地用鼻子哼了聲，在眼鏡後頭抬眼看向重倉。

「……那我約你去炸雞專賣店的時候，你為什麼不給我答覆呢？」

摸著直紀頭的那隻手停下了動作。

重倉緊鎖眉頭之後，緩緩從直紀頭上移開手。

「……因為，我搞不太懂你是懷著什麼樣的心思約我去吃飯。」

「什、什麼心思……」

難不成別有居心的念頭被察覺了嗎？當直紀感到不知所措時，重倉用單手摀住眼睛。

「在你約我去吃飯之前，我有一次跟你在資料室獨處對吧。」

重複一次「資料室」三個字之後，直紀的臉立刻漲紅起來。因為他不禁回想起在資料室被重倉緊緊抱住，並舔了臉頰的那些事情。

「……重、重倉，難不成你記得那時候的事情嗎？」

真是如此可是一大問題。重倉說不定也察覺自己主動蹭他臉頰的事情了。這讓直紀的臉色立刻一片鐵青，但重倉依然壓著雙眼搖了搖頭。

「……我還是回想不起來究竟是在怎樣的狀況下進到資料室，只是回過神來就發現你近在眼前，而且還一股勁地逃走了。當我回到辦公室，正想問你發生什麼事的時候，就聽說你臉色蒼白早退了，那就代表我當時應該是對你做了什麼吧。」

看樣子他並不記得犬化期間的記憶。感到放心的直紀，這才緩緩呼出屏住的氣。

「發生那種事之後你跑來找我搭話，我也不知道該做何反應才好。何況你跟之前的態度也不太一樣，我更搞不懂你是抱著什麼心思約我去吃飯，想著想著才會比較晚做出答覆。只是這樣而已。」

重倉自手指縫隙間悄悄看向直紀，用幾乎要聽不清楚的低沉嗓音說：

「……我是不是做了什麼讓你討厭的事？」

直紀嚇了一跳，大幅地搖了搖頭。

「沒、沒有，才沒有那種事！應該說，重倉才是跟我相處起來很困擾吧……？」

重倉放下覆蓋在雙眼上的手，露出一臉狐疑的表情。他一副從來沒有產生過這種想法的樣子，既然如此，之前直紀聽見的那番話又是怎麼回事？

「你之前有在電梯口跟遠藤說過吧。說跟我沒有多要好，也搞不太懂我在想什麼……」

明明只是重複一次重倉說過的話而已，心頭卻感受到一股刺痛。明明不是實際傷害到身體，但胸口附近卻痛到呼吸都顫抖了起來。

聽著直紀越講越小聲，重倉一臉困惑地說「那是……」並喃喃接下去：

「實際上就是如此吧。」

聽起來就像「你在說什麼理所當然的話」一樣接下話，這次直紀的心真的被傷到殘破不堪了。

看樣子認為跟重倉之間關係變得親近一點的人，就只有直紀而已。還因此感到喜孜孜的自己有夠難堪。這時應該要笑著回應「說的也是」比較好，但別說是擠出笑容，嘴角甚至越來越僵，感覺要垮下來了。

不想被重倉發現到了這個年紀，還一副快要哭出來的樣子低下頭去時，直紀聽見意外的一番話。

「我跟你也是直到最近才比較常有交流，而且還讓你畏畏縮縮地逃走。這樣的關係稱不上是要好吧。我不太懂你也是事實。但遠藤似乎在進公司不久後就跟你很親近的樣子，我才想說他如果知道你喜歡吃的食物，或是常去的餐廳之類，就請他告訴我而已。」

重倉的這番話聽著聽著，原本還在眼眶打轉的淚水也退了回去。這跟預想中的回答相差太遠，直紀難以置信地伸手撐住地板挺身而出。

「但、但是，你說我讓你很傷腦筋……」

「……是很傷腦筋。我想約你去吃飯，卻連你喜歡哪種氛圍的餐廳都不知道。」

「為、為什麼要約我去吃飯？」

「因為……資料室的那件事，我想向你道歉……」

重倉原本還用低沉的聲音含糊不清地說著，卻突然覺得厭煩似的撩起瀏海，用瞪視般目光注視著直紀。

「說真的，我覺得應該快瞞不下去了，索性做好覺悟。」

總覺得他好像脫口說出令人不安的話，讓直紀有些退縮。身體下意識往後仰去，重倉就像要追上來似的探出身子。

「在資料室裡時，我回過神來發現自己已經抱著你。找你來我家的時候也發生過類似的事情吧。那時是不是把你壓倒在地？」

「那、那是因為……」

正當直紀猶豫著要不要說出他是因為小粽的術法而失去理智，甚至還犬化的事情時，重倉已經正面抓住他的兩側肩頭。他就這樣把直紀拉過來，彼此的距離一口氣靠得很近。

「找你來家裡的時候我雖然喝了酒，但不過是一罐罐裝啤酒，根本不可能醉成那樣。一想到自己究竟有多興奮，就讓我感到害怕。儘管那都是在睡昏頭，或者身體不舒服而意識有些朦朧的狀況下，但我覺得差不多要隱瞞不住了。」

重倉的臉近逼到眼前，感覺都能觸碰到他的呼息。直紀發不出什麼像樣的聲音，用幾乎該說是氣音的聲音問「隱、隱瞞什麼？」。

重倉加重了一點抓住直紀肩頭的力道，像要讓自己冷靜下來般做一次深呼吸之後，用明確果斷的語氣說：

「隱瞞我喜歡你的這件事。」

直紀沉默無語地眨了眨眼。這句話明明聽得很清楚，腦子裡卻無法理解是什麼意思。

直紀的腦海中突然回想起，國小時一個失足從樓梯跌落下來的事情。

那個時候，他也是「咦！」地嚇了一跳。除此之外腦中都是一片空白。只覺得身體緩緩傾斜，眼前經年累月的樓梯扶手，還有從樓梯間旁邊的窗戶灑進來的陽光等等，唯獨這樣的光景一直深刻烙印眼底，其實沒有感受到接下來就要跌下去的那種恐懼。

簡直跟那時候一模一樣。

現在重倉也對自己說出很不得了的發言，然而情感卻遲遲追不上。

面對沒有露出任何表情，只是眨著雙眼的直紀，重倉再次重申。

「真柴，我喜歡你。」

重倉一臉認真的樣子，怎麼看都不像在開玩笑。他說不定是認真的。思及此，心臟總算怦然跳動起來。

「……咦！」

他發出像是從喉嚨深處擠出空氣一般的聲音。

就跟當初從樓梯失足跌落，在一陣宛如無止盡的靜默之後摔在地上，劇烈的疼痛感才襲向全身那時一樣，隔一拍才到來的衝擊貫穿了直紀。

直紀一時之間扭動著身體跟重倉拉開距離。他不知道自己現在是怎樣的表情。因為不知道所以才想掩飾起來，重倉卻像是不讓他逃走一般伸直雙手，將直紀的肩膀拉過來。

正想推開他越靠越近的胸膛，卻又被雙手抱得緊緊的，動彈不得。感覺就像身體撞上那寬闊的胸膛一般，眼眶中的淚水也飛散出來。

腦袋還完全無法理解這個狀況，身體卻搶先一步哭了出來。聽見重倉對自己的告白，讓直紀高興到呼吸都跟著顫抖起來。明明不敢相信，他卻已經無法再推開重倉的身體。

至少不要被他發現自己哭了出來，直紀拚命調整呼吸之後才開口說：

「……難、難以置信。直到重倉長出耳朵跟尾巴之前，我明明沒跟你有過什麼交集。」

「你不相信嗎？」

「因為……是從什麼時候開始的……」

直到重倉長出耳朵跟尾巴之前，直紀都一直迴避著重倉，應該沒有什麼讓他對自己產生好感的機會才是。

重倉的手依然環抱在直紀背後，好一陣子沒有做出回應。

既然答不出來，這句告白是不是在開玩笑之類的呢？就在這樣的不安開始浮現心頭時，重倉終於開口答道：

「剛進公司那年，有個我負責的案件交期差點來不及對吧。」

直紀僵直著身體，微微點了點頭。他指的是直紀訂購上有所疏失造成的那件事。

那件事不如說應該會讓重倉對直紀抱持不好的印象才是吧？不知道他會怎麼繼續說下去，直紀一臉緊張的樣子等著他開口。

「多虧有你跟廠商交涉才有辦法確保庫存，並由我直接搭新幹線將零件拿去工廠。」

「……嗯。那時候……給你添麻煩了……」

正當直紀要說出「抱歉」的時候，重倉抱在背後的手加重了力道。

「那時我隔天預計一早要去客戶那邊，所以將零件拿去工廠之後，必須直接折返回來。還將筆電帶到新幹線上，別說休息了，我連飯都沒吃回到公司，早就已經過了下班時間。」

時間快要晚上十點，上司都已經下班了。即使如此辦公室的燈還亮著，才暗忖應該是有人留下來加班，沒想到就在採購部的座位上看到直紀。

「我想說都這麼晚了，你還在公司做什麼，聽你說是在等我回來時，真的嚇了一大跳。」

聽重倉這麼說，直紀也回想起當時的事情。

重倉將零件送達工廠的消息，也透過電話回傳到總公司來了。本來沒必要等重倉回來，但直紀總覺得想跟他說些什麼，所以才會過下班時間還待在公司。

重倉給直紀一個切身理解作業現場壓力的契機，因此想向他道謝。然而當本人出現在面前時，話卻遲遲說不出口，只能對他說聲「辛苦了」而已。

重倉似乎也記得這件事情，他說話的聲音變得柔和了一些。

「那時你對我說上一句『辛苦了』，讓我覺得很開心。我更記得你為了還有工作沒做完無法回家的我，到附近的便利商店買了杯麵。」

「因、因為，你那時候一看到我肚子就叫了……」

在除了他們空無一人的辦公室內，迴響著一道又長又響亮的咕嚕聲，讓直紀不禁感到目瞪口呆。他抓起該拿的東西就立刻跑向附近的便利商店。聽重倉說他連午餐都沒吃，可不能放著不管。

這時，總覺得「呵」的一聲撼動了空氣，直紀知道是重倉笑了。因為被他緊緊抱在懷裡看不見表情，但他說話的聲音當中帶著一絲淺淺笑意。

「你一邊喘氣說著『抱歉，只剩下極辣泡菜口味而已！』並把泡麵拿給我的時候，真的太好笑了……」

「呃，因為真的只剩下那個……」

「你順便買一個布丁給我，是要讓我用那個換換口味的意思嗎？」

「我想說有個甜的東西，味道應該會比較平衡……」

重倉這次真的再也忍不住地笑出聲音，重新抱緊直紀的身體。

「我從那時候開始，就一直很在意你了。」

「哦……呃，咦？」

「……說不定我從那時候就喜歡上你了。」

「就、就因為這樣？」

「這樣的契機一點戲劇性也沒有。」不禁這麼脫口之後，重倉鬆開環抱在直紀背後的雙手，一臉認真地對上他的臉。

「難以置信嗎？但你試想，如果我是女性的話呢？你不覺得因為這樣的契機墜入情網，也不會感到意外嗎？」

儘管直紀對於重倉這麼認真感到困惑，還是試著想像了一下。要是異性之間發生這樣的事情——確實也有可能墜入情網。不然至少也會成為對對方抱持好感的契機。然而就同性之間來說，這種程度的好感會這麼容易轉換成戀愛情感嗎？

「那要是我說，我本來就只視同性為戀愛對象的話，又是如何？」

陷入沉思的直紀在轉瞬間差點沒聽見這句話，他一臉茫然地抬頭看向重倉。

重倉是認真的。他的眉間之所以微微皺起，或許比起生氣，更像是感到緊張，屏息地靜待直紀的反應。

直紀像個笨蛋一樣半張著嘴抬頭看向重倉。

面對從來沒有想像過的事態，讓他的腦袋無法靈光地運轉。從來沒有想過重倉的性向竟然跟自己一樣。跟異性戀者相比，同性戀者無論如何都是少數。直紀甚至從未期待過同一間公司裡會有同志，沒想到那竟然還正是自己單戀的對象，幾乎等同於奇蹟了。

（這簡直就跟掉下來的隕石打到自己頭上一樣罕見吧……）

看著一臉茫然的直紀，重倉單手掩著嘴邊，難受地嘆了一口氣。

「我知道你沒辦法接受。你平常就會避著我了，與其因為我說了什麼不該說的話更讓你跟我保持距離，還不如維持著同事關係。」

說到這裡，重倉一度遲疑地停下來，但立刻又換個想法放下掩著嘴邊的手。

「但是，在跟你一點一點親近之後，要壓下這份情愫讓我感到越來越難受。就在這樣的狀況下，我不但趁著酒醉將你壓倒，還在資料室陷入意識不清的狀態。看你一臉害怕的樣子，我立刻就知道自己的狀況一點也不正常。但還是什麼都不記得。所以……我感到很不安，去身心科看了一下。」

沒想到重倉竟然還因此去看醫生，直紀不禁語塞。他懊悔地想著這竟讓重倉如此苦惱，應該早點向他說明整個原委才對。

「雖然還是沒有查明原因，但醫生說，過度壓抑自己的欲求不太好。所以，與其抱持著會再做出那樣失控舉動的可能性，倒不如不再隱瞞對你的心意，明確地告訴你。因此想說先約你吃個晚餐……所以才想從遠藤口中問出你的喜好。」

繞了一圈回到原本的話題上。看來他之前會說出因為直紀感到很傷腦筋之類，搞不懂他在想什麼等等的話，是基於這樣的理由。

自從重倉的耳朵及尾巴消除了之後，總覺得一直堵住胸口的某種東西，開始一點一點崩壞溶解似的。一想到不是被他討厭，便得通風的心底這次湧上了滿滿的歡喜。

直紀因為眼頭發熱低下頭去時，重倉用食指指背輕輕撫摸過直紀的臉頰。

「……看你這個反應，我是不是可以期待一下？」

撫過臉頰的指尖，通過耳朵後方之後觸碰到他的肩膀。

被那道掠過臉頰的手指帶來的溫暖吸引，讓直紀一時沒有發現重倉正隔著他的肩膀，指向背後。

直紀隨著重倉手指所指的方向轉頭看去，只見尾巴在背後搖到像在畫圓一樣，不禁倒抽一口氣。

「這、這是因為！那個！」

就算連忙壓住尾巴，動作也停不下來。心情明明這樣動搖不已，卻還是欣喜的情感更加強勢，控制著身體反應的樣子。

不管尾椎骨痛得像是痙攣似的，直紀憑著一股蠻力只想著要壓住尾巴時，重倉不禁垂下眉笑了笑。從正面被抱過去之後，直紀再次回到重倉的懷抱。

「因為你的尾巴從剛才就一直搖個不停，我才會想說不定有這個機會。」

「是、是、是這樣嗎！」

如果真是如此，那也太害羞了。一旦想像一臉嚴肅的表情，其實從很久之前尾巴就已經搖到快要斷掉似的自己，直紀就不禁想逃離這個現場。

抱緊再也沒有力氣抵抗而縮起肩膀的直紀，重倉緩緩嘆一口氣。

「……要不是可以看見你的尾巴，我也不會坦率向你告白。因為你一直都避著我啊。」

重倉將臉埋在直紀的肩頭，語氣悶悶地說：

「抱歉。我這樣太卑鄙了吧。」

他低沉的嗓音，感覺像從肩膀傳遞到全身一樣，撼動著肌膚。

就連這種時候，重倉還是這麼誠實。自己可以看見重倉的耳朵及尾巴那時只覺得開心而已，並沒有一開始就對此產生愧疚。

直紀嚥下一口口水，緩緩鬆開壓著尾巴的手。結果背後的尾巴立刻猛力地搖了起來，雖然覺得很害羞，還是只能忍耐。相對的，原本壓著尾巴的手，膽怯地伸向重倉背後。

「我……我才是，一直默默看著你的尾巴跟耳朵……對不起。」

指尖觸碰到重倉的背時，隔著西裝外套可以感受到那寬闊的背部本來有點緊張，接著緩緩放鬆了下來。

「這麼說來，我之前也有長耳朵跟尾巴呢。是不是其實也不用這樣告白，我的這份情意早就全都傳達給你知道了？」

重倉語帶苦笑地這麼問，直紀便搖了搖頭。

「只是比平常更能看得出你的喜怒哀樂而已，完全不知道你是這樣看待我的。」

「真的嗎？你只是主動過來搭個話，我就開心得不得了了，尾巴應該是搖個不停吧。」

「這……確實是搖了尾巴，但我以為你只是比起自己一個人，更喜歡跟其他人一起相處而已……」

「第一次跟你一起去吃飯的時候，我還偷偷握拳做了勝利手勢喔。尾巴做出的反應應該非比尋常吧？」

「是、是喔？」

那個時候，直紀還以為他只是喜歡吃炸雞塊，尾巴才會搖成那樣。從沒想過重倉感到那麼開心的原因，竟然是可以跟自己一起去吃飯。

隔一段時間得知重倉的心意之後，心底不斷湧上一股搔癢般的欣喜。要是那個時候能看得出來，是不是就不用經歷這些誤會了呢？

說到頭來，即使多虧尾巴跟耳朵讓情緒變得好懂，要是不透過言語，還是無法傳達複雜的內心情感。不能將這份情感全部寄託在尾巴上，自己也要說出口才行。

重倉也這麼做了不是嗎。直紀這麼鼓舞著自己，將臉貼上重倉的胸膛。

「重、重倉……我也是……」

一旦想將自己的心意化作言語說出口，就覺得全身毛孔好像一口氣都張開了。重倉已經先說出他的心意，即使如此還是緊張得不得了，聲音都要從喉嚨深處發出來了，直到前一刻還是無法擺脫遲疑。

這種戀愛情愫對直紀來說，一直以來都只存在於自己的內心，一直到死心罷休也不會有人知道，深深地隱藏起來。沒想到要向對方說出口，竟然需要擠出這麼大的勇氣才行。

就算看得見直紀尾巴的動作，率先坦白自己心意的重倉究竟有多麼緊張啊。光是想像一下，胸口就揪得緊緊的，讓直紀不禁抓緊重倉的背。

「——我好喜歡你。」

這句話當中蘊含著萬千感慨。從好幾年前一直很喜歡很喜歡這個人，然而事到如今還變得更加喜歡，這份情意真的深不見底。

臉輕輕蹭上重倉的肩膀之後，貼在一起的胸口一個動作，直紀就知道他倒抽了一口氣。

重倉動作生硬地鬆開抱住直紀的雙臂，一臉認真到嚇人的表情朝著直紀的臉看過來。他的視線在直紀的臉跟背後來回看了看，想必是觀察尾巴的反應吧。因為直紀自己一直以來也是如此，所以看得出來。

一想像尾巴此時肯定拚命地搖就覺得很害羞，但當作是至今的賠罪，直紀便不再去遮掩。

重倉還是一臉難以置信的樣子，觸碰著直紀的肩膀。只見他雖然抖了一下並縮起身子卻沒有躲開，重倉的大手便移去撫摸直紀柔軟的臉頰。

就在自己眼前，重倉的臉越靠越近。那銳利的眼神乍看之下感覺很嚇人，但曾幾何時也察覺到他偶爾會露出溫和的表情。被這樣注視著，臉頰漸漸熱了起來。難以再直視下去的直紀正想低下頭，重倉碰著他臉頰的手便做出阻止。

直紀的臉被抬起來，不禁發出「唔」的聲音。重倉的目光依然注視著自己，不只是臉頰而已，眼睛周圍漸漸發紅的模樣也無法掩飾。要是看見這副模樣，直紀有多麼喜歡重倉的心情就會一口氣被看穿。

到了這種時候直紀還是膽小地顫抖著身體，也很想逃開。但還是想好好傳達自己喜歡的心意。當直紀想著要展現出不成話語的情愫，對上他的眼睛時，重倉突然笑了開來。

那是從未見過的滿臉笑容。直紀愣愣注視著鮮少看見的表情，重倉也伸出另一隻手，從左右兩邊包覆住他的臉頰。

重倉依然帶著笑意，將自己的額頭抵上直紀的額頭。

「每次靠近的時候你都會立刻別開視線，所以一直以為你很怕我。」

「不、不不、不是……！」

「嗯，看來確實不是。原來你都是露出這樣的神情啊。」

自己想必是毫無保留流露出情意的表情。左右兩頰都緊緊被固定，沒辦法轉過頭去，直紀只能無力地點了點頭。

重倉瞇細雙眼。直紀沒辦法從那滿面的笑容移開視線。

「——我好開心。」

這麼說著，重倉吻向直紀的嘴唇。

那道柔軟的觸感讓直紀睜大雙眼，當他還無法扭身掙扎時，嘴唇便抽離了。

重倉睜開微微閉上的眼，看著直紀瞠目的表情，又再次柔和地瞇細眼睛。趁著這個間隙，嘴唇再度疊了上來，這次直紀依然沒有閉上眼的從容。

嘴唇這麼交疊兩次、三次之後，直紀全身的力量都一點一點退去。

重倉親吻著直紀的嘴角，嘴唇滑過他的臉頰一邊悄聲說道：

「太好了。自從在資料室獨處之後，你的態度突然就變得很生疏，我不知道究竟做了什麼，一直感到不安。只要有我在身邊，你就會露出怯生生的表情，讓我感到很焦慮。」

「那、那不如說是我一時衝動……」

重倉還一邊親著直紀的臉，讓他一個不小心說溜了嘴。重倉當然沒有漏聽這句話，就在隔著鼻尖快要碰到的距離反問「一時衝動？」。

直紀連忙閉上嘴，但馬上又被親了。這次並沒有立刻抽離，他的舌尖還在嘴唇縫隙輕輕搔著。感覺就像在威脅「要是不快點說就把舌頭伸進去」似的，直紀便慌亂地坦言：

「那、那個時候是因為耳朵跟尾巴的關係，讓你犬化的程度越來越深，真的就像狗一樣跑來跟我嬉鬧！我去你家那時候也是……！」

「原來那不是心理層面引起，而是狗耳朵及尾巴帶來的影響啊。那就好。所以說，當我變得像狗一樣找你嬉鬧的時候，你究竟做了什麼？」

直紀在說話的時候，重倉依然不厭其煩反覆親吻他的臉頰及鼻頭。

猶豫一陣子之後，直紀還是死心地探出身子。他以自己的臉頰貼上重倉的臉頰，然後馬上往後退開。

「就……就像這樣。」

重倉挑起眉毛，伸手抵上自己的臉頰。

「就這樣而已？不是親吻之類的？」

「……我、我辦不到那種事。」

沒有跟人交往過，也沒有接吻的經驗。這樣的直紀不可能那麼簡單就奪去他人的嘴唇。當他坦言自己在戀愛方面多麼生疏之後，重倉突然單手摀住自己的臉。從他的手掌底下傳出「咕嗚」這樣自喉間發出的一道悶聲。當直紀顯得有些不知所措的時候，突然被重倉緊緊抱進懷中。

「哇、哇啊……！」

他的力道太過強勁，直紀就這麼被撲倒在地。因為眼鏡歪掉而眨了眨眼之後，只見重倉露出一臉凶暴的表情逼近。

「真柴，你有點太可愛了。」

「呃，咦？嗯唔！」

重倉失去從容的臉靠上來之後，就這麼直接堵上嘴唇。還來不及應對這記突如其來的吻，趁著直紀微微張了嘴，重倉的舌頭便竄進那道縫隙之中。

「嗯……！嗯嗯……」

以表達抗議來說，這道從鼻子發出的聲音太過孱弱，感覺還有點寬容，因此無法抑止重倉的舉動。他舌頭的動作越加大膽，先是勾起有些遲疑的舌尖，接著輕輕相互蹭著有些粗糙的表面。

那在柔軟口中竄動的感觸讓直紀慌亂不已，為了找個可以依靠的東西，他的手貼在地板滑行。大概是察覺到這個舉動，重倉牽起直紀的手壓在地上。

貼在一起的手心很是溫暖，交扣的手指也緊緊握在一起，這讓面對未知感覺有些害怕的直紀稍微安定了心境。

途中，直紀的眼鏡大幅歪去，重倉便抬起臉來。

「可以把這個拿掉嗎？」

幾乎是碰著嘴唇詢問的重倉，大概是興奮的影響，聲音聽起來有些沙啞。直紀用顫抖的手拿下眼鏡，立刻被重倉奪走，再次交疊上嘴唇。

大概是隔在彼此之間的眼鏡拿掉的緣故，重倉舌頭竄入比之前更深的地方，讓直紀的背脊抖了一下。當舌尖輕舔上顎時，背部更是不禁弓了起來。即使重倉在嘴裡粗暴地貪戀著，直紀光是承受這些刺激就用盡心力，沒能做出什麼像樣的反應。有時臉頰觸碰到重倉紊亂的氣息，直紀也像被追著似的反握他的手。

「……嗯、呼……啊……！」

下唇被吸了起來，感覺宛如在被細細品嘗一般。好像真的要被重倉給吃掉似的。即使如此直紀卻不會感到害怕，應該是因為重倉握住自己的手。當他用拇指指腹輕輕撫摸過手背，原本緊緊繃住的戒心也在轉眼間鬆懈下來。

長長的親吻總算結束之後，直紀就像等待主人命令的忠犬一般，一臉沉醉的樣子抬眼看重倉的臉。

重倉放開牽著直紀的手，吐著溫熱的呼息一邊摸向直紀的腹部。

「……這樣感覺真的就跟我家的狗一樣。」

直紀的雙唇間流瀉出有些難耐的聲音。隔著襯衫沁入的體溫讓他感到非常舒服，忍不住想撒嬌地希望得到更多快感。

「我老家的狗也是，只要摸牠的肚子就會很開心。像是這樣。」

「我、我不是狗……」

只有嘴上這麼做出反抗之後，重倉摸著腹部的動作更加粗魯了。

「——舒服嗎？」

重倉的身體壓了上來，用帶著滿滿氣音的話聲呢喃。耳邊聽見這樣性感的聲音，讓直紀打了個顫，說不出話來點了點頭。

沒什麼肌肉的扁平腹部被這麼一摸，肚臍四周不禁跟著有些酥麻。那是一種相當毫無防備的感受。然而一想到摸著腹部的大掌是重倉的手，就覺得安心了下來。

嘆出「呼、呼」這樣短促的喘息之後，重倉的手從腹部朝下方移動。先是滑過皮帶釦，便隔著西裝褲觸碰下腹部。

對於重倉的手完全沒有戒心的直紀不禁彈起身子。

「咿、啊……！」

當手指觸及只是親吻就昂揚起來的地方，重倉在直紀的耳邊低語：

「……勃起了。」

重倉的嘴唇觸碰到耳垂，直紀脖子上的細毛全都一口氣倒豎起來。他漲紅著一張臉，有氣無力地想推開重倉的胸膛。只是一陣親吻並被摸肚子而已竟然就起了反應，讓直紀覺得實在太難為情。然而重倉的體重壓上直紀的身子讓他動彈不得，更將下腹部抵上他的腿。

感受到有個硬硬的東西抵上來，直紀不禁抖了一下身體緊繃起來。他畏畏縮縮地抬起臉，只見重倉也看過來，還一臉傷腦筋地笑了笑。

「我也是。」

重倉的眼尾感覺有些發紅。一旦見到那樣帶著興奮感的表情，心跳就飛快到幾乎要喘不過氣。他的指尖觸碰到西裝褲鼓起的地方，讓直紀從喉嚨深處發出斷斷續續的細聲。

用指腹輕蹭那越來越硬的地方，重倉的嘴唇貼向直紀的喉頭。

「……我想再摸得更仔細。」

落在喉嚨上的呼息溫溫熱熱的。壓上來的身體帶著熱意，二話不說讓直紀的體溫跟著攀升。穿著襯衫的背部沁出汗水，他實在無法推開問著「不行嗎？」的重倉。豈止如此，直紀更主動伸手回抱住他。

他的羞恥心還沒有完全放開到能夠說出「我也想觸碰你」這樣的話。相對的，他的手指滑過重倉的背。因為想直接觸碰肌膚，直紀的手指勾上襯衫的衣襟，撥開落在重倉脖子上的頭髮，攀上露出來的後頸。

才感受到重倉的脖子一陣緊繃，他的手就伸入地板與直紀的背部之間，一股勁將他抱起身來。重倉抓過直紀的手，將他拉上擺在牆邊的床。

西裝外套被脫去，被壓著讓背部倒上床之後又是一記深深的親吻。兩人舌頭交纏在一起，重倉動作急躁地解開直紀的領帶以及襯衫的釦子。

他將手探入襯衫底下直接撫摸腹部，讓直紀渾身莫名放鬆了力道。不但感到很害羞，也不知道接下來會有怎樣的行為等著自己而覺得不安，然而一旦被重倉摸了摸肚子就覺得放心不少，更讓直紀想將自己的一切委身於他。難道這也是耳朵跟尾巴帶來的影響嗎？

重倉沒有任何遲疑地解開直紀的皮帶釦，將手伸進西裝褲之中。那緩緩勃起的部位被隔著內褲握在手中，讓直紀的指尖都僵硬地伸直了。

「啊！重、重倉……！」

直紀焦急地這麼喊著名字，重倉便在他的臉頰留下撫慰般的親吻。這還是他第一次被別人觸碰性器，只是輕輕搓揉幾下就不禁發出急迫的聲音。直紀自己也難以相信竟然這麼輕易就快要攀上高潮，他的雙腳不禁在重倉身子底下拍動起來。

「不、不要，重倉，等等……！」

直紀將手放到重倉的背上，隔著襯衫抓撓做出抵抗。然而重倉只是輕聲笑了笑，不斷追逼的手也沒有停下動作。豈止如此，還在耳邊留下發出啾啾聲的親吻，或是用雙唇夾住耳骨，一步步將直紀逼到極限。

當大腿內側真的忍不住竄過一股冷顫時，直紀不禁握拳敲打起重倉的肩膀。

「我、我也想觸碰重倉啊！都只有你太狡猾了……！」

不斷反覆在直紀耳邊親吻的重倉停下動作。他一抬起頭，便瞇細俯視著直紀的雙眼。

「……你要是一直說這種可愛的話，小心被我弄到腿軟喔。」

重倉的手從西裝褲裡抽出來之後，就用食指輕輕刮搔直紀的肚臍窩。那低沉的嗓音宛如撼動到腹部深處似的，直紀一臉陶醉的樣子抬頭看著他。

重倉先一時撐起身子，替直紀脫去所有衣服，接著也脫光自己的衣服。在一點也不感到害羞地全裸的重倉面前，直紀下意識做出遮掩自己身體的舉動。雖然知道重倉本來就人高馬大，但這樣看來兩人的體格實在天差地遠。

看著那寬闊的胸膛感到怦然心動的時候，將手伸到直紀臉旁邊抵在床上的重倉深深壓上了身子。還以為又要接吻緊緊閉上眼，重倉卻沒這麼做，而是摸向直紀頭上的狗耳朵。

「……耳朵扁掉囉。」

聽他這麼說，直紀這才發現耳朵都垂了下來。重倉說著「這邊也是」，手指就跟著滑向大腿內側，讓他產生尾巴也正夾在雙腳間的自覺。

「要是感到害怕的話，不用勉強自己。」

這麼說著，重倉溫柔地撫摸直紀的頭髮。

一時間直紀正想說出「不會害怕」，但在這樣垂著耳朵又捲起尾巴的狀態下也很難找藉口。他放棄逞強，坦率地說出真心話。

「雖、雖然害怕……但我並不是害怕跟重倉做……只是……我完全沒有經驗，也沒有在鍛練身體，所以擔心你會不會覺得掃興……」

若要說起不安的心情，那應該是出自不知道自己在床上表現得好不好。畢竟完全不明白怎樣的行動才是正確答案，總覺得只會失敗而已。

重倉沉默地俯視直紀之後，緩緩將下半身抵上他的大腿。

還穿著褲子時就已經感受到其硬度了，像這樣直接貼上肌膚，更是讓直紀體認到那又硬又熱的感受。他嚇了一跳抬頭一看，只見重倉重重地嘆一口氣。

「……別說會不會掃興，我還必須拚命想辦法讓自己冷靜下來才行。」

重倉擺了擺腰，讓彼此的硬物碰在一起。他的臉朝著不禁屏息的直紀靠過去，感覺難受地悄聲說「但看來不太可能呢」。

「重、重……啊！」

重倉將彼此的硬物一起抓在手中搓揉起來。直紀的頂端早已按捺不住滴出體液，隨著重倉手的動作便傳出溼黏的水漬聲。

「啊、啊……啊嗯！」

重倉溼滑又發燙的柱身跟大手粗糙的觸感所帶來的刺激，讓直紀再也壓抑不下呻吟。就連隔著內褲觸碰的時候，都轉眼間被挑起了性欲，在直接的觸碰下，更看著重倉近在眼前粗喘的臉，讓直紀更是難耐。

「重……倉……！我已經……慢、慢一點……！」

直紀帶著哭聲這麼喊，然而將他逼上頂點的手沒有趨緩下動作。

重倉一邊喘著氣，一邊親吻直紀整張臉龐。他的臉頰、眼瞼、嘴唇。輕觸一下又離開，離開之後又吻上，偶爾抬起眼一看，就會纏上重倉帶著滿滿愛意微笑的視線。

明明只是悠然地上下搓揉，敏感的程度卻像在杯中盛滿水似的，感覺轉眼間就要滿溢出來。光是柔軟的雙唇貼在臉頰上，呼吸都要跟著發起抖來。

反覆著紊亂的呼息，直紀伸出顫抖的雙手環抱住重倉的背。

重倉露出一抹淺淺的笑。雖然表情只產生一點點變化，但明顯感到很開心。他的態度同樣展現出這樣的心境，不只是直紀的臉，也在頭髮及耳邊落下親吻。

沉醉在神魂顛倒的快感之中，直紀回想起重倉的耳朵及尾巴剛消失那時的事情。

那個時候失去可以看見情感的東西，直紀覺得又要搞不清楚重倉內心在想什麼了。然而現在，就算沒有耳朵跟尾巴，重倉的這份心意也很明確地傳達了過來。

面對投向自己那副懷著深愛的眼神，讓欣喜漸漸充斥內心深處。

只要不因為害怕避開那對目光，重倉竟是這麼好懂。這種反差讓人很受不了，直紀便更是強勁地抱緊他。

「重倉……我好喜歡你。」

帶著嘶啞喘息的告白就跟孩子一樣直率，但耳邊卻感覺到重倉倒抽一口氣的樣子。直到剛才都還是緩緩搓弄彼此那部位的動作，忽然間變得粗魯又刺激。

「啊、啊……！重……不、啊……！啊啊……！」

只是稍微使力向上蹭過去的動作，轉眼間就讓直紀達到高潮。射出的體液弄髒了重倉的手，他卻毫不在乎地持續動著手。

「啊！啊啊……不——」

還委身於高潮快感中的直紀不禁弓起身體。太過強烈的刺激讓他幾乎無法呼吸。重倉這時將臉埋進直紀的頸項間，張開嘴朝他的喉頭輕咬下去。

「咿、啊啊！」

喉頭竄過一陣輕輕的痛楚，身體深處感覺迸出一道火花。都已經攀頂了，身體卻還止不住痙攣。

重倉似乎因為直紀拔高的聲音而不禁屏息，像是要覆蓋住顫抖著嬌小身軀的直紀一般壓了上來。他好像也高潮了。

彼此的呼吸重重失序，汗溼的肌膚貼在一起。

額頭沁出汗水望著天花板時，重倉的嘴唇忽然朝直紀的脖子貼過來。在喉頭溫柔地親了一下之後，便喃喃說著「抱歉」。

「我太興奮了，忍不住就……會痛嗎？」

嘴唇貼在剛才咬下的喉頭，重倉像在賠罪般舔著同樣的地方。沒有覺得多痛的直紀正想回他一句「沒事」，但就在喉頭被舔了一下的瞬間，想說的話都拋諸腦後了。

舌頭滑過剛才被咬的地方，讓他的背脊竄上一股酥麻的快感。同樣的地方一旦被輕輕吸吮一下，感覺全身的血液都跟著發燙起來。心跳也突然變得很快，耳邊好像能聽見心臟怦咚怦咚的聲音似的。

被重倉舔過喉頭時，雖然不會痛，身體還是彈了起來。直紀回想起《從一舉一動看出狗狗心情》的內容。書中寫著當狗咬了對方之後再跑來舔舐，絕非是在表達歉意。那代表「要是膽敢反抗絕不輕饒」這樣的意思。

直紀知道重倉不是這樣想的。不如說，一般都會把這個舉動解釋成是為衝動下咬了他而道歉。但直紀卻沒有這麼想。不知道是不是長出耳朵跟尾巴的關係，思考模式似乎偏向狗的那一方，被一股覺得非得做出回應的焦躁感驅使。

直紀側著頭吻向重倉的頭髮。見他一臉驚訝地朝自己看過來之後，也在他的臉頰親了一下，並伸手環過脖子將重倉拉近。

兩人的嘴唇碰在一起，並輕輕舔了一下。直紀沒有將舌頭探進去，只是在表面輕啄般舔的時候，重倉便湊過來完全堵上他的嘴。

「嗯嗯……」

直紀自己張開嘴接納了重倉。他直到今天都不曾跟人接吻過。一開始也因為這樣不熟悉的觸感覺得困惑，但溼熱的黏膜相互摩擦的感覺漸漸讓他舒服了起來，動作笨拙地追著重倉的舌尖。

就在他沉醉於舌頭交纏之中時，重倉抬起臉分開彼此的唇瓣。直紀不禁再次追著重倉的嘴唇舔了上去，便感受到一道淺淺笑出的呼息。

「你突然變得這麼積極，難道這就是犬化嗎？」

重倉一臉傷腦筋的表情笑了笑，在直紀的嘴唇上輕吻一下。

「我老家的狗也常會像這樣舔人的臉……如果你只是在跟我嬉鬧的話，還是等一下再說比較好。即使你沒有那個意思，現在也會煽動起我的欲望。」

重倉的唇間微微漏出難受的呼息。兩人的身體緊貼在一起，無須多言也能知道重倉下腹部的熱意還沒有退去。

沒想到自己笨拙的親吻能煽動他，直紀高興不已地蹭起重倉的身體。剛才被輕輕一咬的喉頭產生一陣發麻的感覺，讓他像是索求般仰直脖子。

察覺直紀的意圖，重倉將嘴唇貼上他的脖子。沒有再被咬了，身體卻還是不禁輕顫。

會產生想對他證明就算再粗魯一點也不會逃跑的決心，是不是因為被狗的想法控制住的關係呢？明明不知道接下來會有什麼，卻還是用顫抖的聲音索求著「還要」。

「……重倉，我還想要。」

「你這是……我可以觸碰你的意思嗎？」

「……再多……觸碰我一點，我還想要。」

反覆著結結巴巴的語氣這麼說，讓重倉猛然倒抽一口氣。為了讓自己冷靜下來深深吐氣的模樣，怎麼看都像是動員出全副的理性。儘管直紀想推他一把，卻又不知道該怎麼做才好。在這樣難耐的感受驅使之下，他抓上重倉的背，用快要哭出來似的語氣說：

「重倉，你告訴我……我不太懂這種事情……告訴我你想做的事吧。」

聽了直紀這番話，重倉不禁睜大雙眼，接著整張臉皺了起來。

「你啊……忠犬都沒有堅強到這種程度喔。拜託你不要考驗我的理性。」

「……我不是在考驗你，是希望你做下去。」

「但你不太懂不是嗎？」

「如果重倉肯告訴我，我什麼都願意做。」

這次那眉頭鎖得更緊了，重倉低吼般地喃喃著「不要隨便說出這種話」。還以為是惹他生氣，直紀的肩膀不禁抖了一下，但馬上被摸了摸頭。應該是耳朵又垂下來的樣子。

被重倉摸頭感覺很舒服。直紀陶醉地閉上雙眼之後，重倉不禁露出苦笑。

「真是拿你沒轍，這些話都是說真的啊。」

畢竟看得見耳朵跟尾巴，他似乎也能看透直紀的真心話。

重倉的嘴唇貼上耳邊，低語著「我也想再做下去」，尾巴便毫無自覺地搖起來。確認到這個舉動，重倉更是加深了苦笑。

「你也這麼想，確實讓我覺得很開心，但我沒做任何準備……至少要有潤滑油或凡士林之類的……」

「凡士林……倒是有……」

打斷重倉像是在喃喃自語的話，直紀伸手指向枕頭旁邊。

「冬天時我的嘴唇容易乾裂，所以睡前都會擦……最近沒在用，但應該還放在那邊沒收才對。」

重倉伸手在枕邊找了找，拿出塞到枕頭底下的凝膠狀凡士林，淺淺嘆一口氣。

「你真的是……怎麼就這樣斷了自己的後路。」

「不、不好嗎……？」

重倉的表情看起來甚至有些傻眼，直紀默默朝頭上伸出手，用手指壓住不讓耳朵垂下來。但這動作立刻被重倉發現，牽起他擺在頭上的手。

「你沒有不好。是沒辦法在這時候收手的我不對。」

動作輕柔地咬著直紀的指尖，重倉瞇細了雙眼。

「……我先向你道歉。對不起。」

舌頭滑過剛才輕咬的地方，讓直紀的身體深處竄起一道酥麻。重倉朝自己看過來的眼神綻著精光，一股狂喜隨之湧上。

重倉再次抱起直紀的身子，要他四肢趴在床上。這時直紀的羞恥心早已融化，乖乖背對他並雙手抵在床上。

身後的重倉趴了上來，發燙的胸膛貼在背部上。

「尾巴垂下來囉。」

在耳朵後方這麼低語，讓直紀不禁縮起肩頭。他確實不知道會被怎麼對待而感到不安。但也不希望重倉就此收手，淚眼汪汪回頭一看，重倉便安撫般親吻他的眼尾。

重倉打開凡士林的蓋子，用手指挖取一大塊。他的手指觸碰到身後的窄小之處，直紀驚得肩頭一顫。

「啊……啊……！重、重倉……」

直紀困惑地呼喊他的名字，重倉便輕柔地親吻直紀的臉頰。一邊親吻著回過頭來的直紀的眼尾及耳朵，重倉為了讓窄小的地方擴張開來不疾不徐地動起手指。

「啊……啊……！嗯！」

手指時不時移動著，還會向下滑到會陰附近。只要緩緩向上一壓，腰際深處就會產生發麻的感覺，讓人靜不下來。

直紀害怕第一次體驗到的感受喊著重倉的名字，他就一再地親吻直紀的頭髮及臉頰。溫柔的吻讓身體放鬆了力道。沾滿凡士林溼黏地滑過肌膚的手指，這時緩慢進到那窄小的幽口裡。

「嗯、嗯……！」

重倉在耳朵後方低語問著「很難受嗎？」。直紀下意識地搖了搖頭。感覺沒有想像中那麼痛，而且直紀更不希望要是點了頭，重倉便會抽離身體。

「別逞強喔。」

重倉的聲音聽起來有些沙啞。一想到他為此感到興奮，心頭就像被緊緊揪住一樣。

「嗯……啊……！啊……」

手指漸漸進到深處。多虧凡士林的潤滑效果，感覺不是那麼疼痛，但直紀有些喘不過氣。當他垂下頭反覆喘著短促的呼吸時，重倉便親吻上他的後頸。

「啊、啊啊……！」

聽見發出「啾」的親吻聲，後頸一陣發麻地竄過背脊。

大概是察覺到直紀的聲音越發甘美，重倉的嘴唇也從脖子到肩膀，滑到肩胛骨來。

「啊……啊！不……！」

背上的親吻讓直紀覺得搔癢不已，身體跟著彈了一下。下腹部一旦使力，就會牽動收緊重倉埋在體內的手指，讓腰際深處發熱起來。

「會癢嗎？」

用帶著一點笑意的聲音這麼說，重倉的手指緩緩做起抽插的動作。

直紀無法好好做出回應，手肘跟著抵上床，更將臉壓在床單上。

只要指腹在體內往上一壓就會覺得難受，然而舌頭滑過肩胛骨的時候又會陶醉得使不上力。重倉反覆在直紀的背上親吻並仔細擴張了甬徑，這才謹慎地增加指頭。

當第二隻手指插入的時候，竄過一陣痙攣般的痛楚，讓直紀不禁屏息。大概是察覺這個反應，重倉的嘴唇輕輕壓上肩頭。

「……抱歉，我要稍微碰一下尾巴喔。」

先這麼告知之後，重倉便觸碰直紀的尾巴。他將沿著大腿內側垂下的尾巴抬起來，應該是要撇到腹側去吧。這時重倉的手指趁勢觸碰尾巴的根部。

「……啊！」

原本臉貼在床單上的直紀猛地抬起下巴彈了起來。腰部深處竄過一陣酥麻感，身體也不自覺夾緊重倉的手指。

當直紀還不知道自己究竟發生什麼事感到驚恐時，重倉就輕輕沿著尾巴的根部摸了過來。

「……這裡舒服嗎？」

用手指輕輕敲了敲尾椎骨上方一點的部分，直紀不禁緊握住床單。

「啊！不、啊啊……嗯！」

明明不是很強烈的刺激，一路發麻到指尖的甜美奔流卻讓他壓抑不住地喊出聲來。好舒服。甚至讓人下意識搖起腰間，讓夾在體內的重倉的手指摩擦到內壁。

「啊、啊……！嗯……嗯……」

重倉溫柔地按摩尾巴根部，指腹在體內四處刮搔著，直紀也不知道這陣快感是從哪一邊傳過來的。

「我家的狗也很喜歡人家摸牠這裡。」

重倉像在說悄悄話一般壓低音量，用指甲輕輕搔撓尾巴的根部。

「啊、啊啊、啊！」

「……縮得有夠緊。」

身後的重倉用炙熱的聲音耳語，直紀緊緊閉上眼睛。

內心為自己的反應感到很難為情，卻又無法掩飾舒服的感受。就連重倉再增加一隻手指時，也只能發出銷魂蕩漾的聲音。

漸漸覺得有股熱意囤積在體內似的感到難受，直紀斷斷續續喊著重倉的名字。眼淚伴隨粗喘催促的聲音，讓背後的重倉不禁低鳴。

「……要是覺得很難受，一定要告訴我。」

手指抽離直紀的身體，重倉抓緊了他的腰。當硬挺的柱頂抵上窄小的幽口時，直紀也抓緊了床單。

「……嗯嗚……嗯！」

怦咚怦咚打著脈動的硬物撐開狹窄的地方，進到體內。這讓直紀感到又痛又難受。緊抓著床單的指尖甚至有些發白，重倉的手便交疊在直紀的手上。緊緊地握住，牽動起一道怦然的心動。兩人都赤裸身體交疊在一起了，卻只因為牽著手就心跳加速，總覺得很莫名其妙。

重倉一隻手握著直紀的手，另一手則朝著他的腹部摸去。溫熱的掌心在肚子上摸來摸去，讓直紀的身體簡直就跟做出服從姿勢時一樣無力。趁這個間隙，重倉一個挺腰向深處頂去。

「咿！啊！啊啊……！」

「……唔、抱歉，不過……進去了。」

重倉吐出一道深沉的呼息，依然撫摸著直紀的腹部。這個動作就連在這種時候也令他感到安心，更讓下腹部放鬆了力道。

重倉反覆親吻直紀的脖子及背部，等到他冷靜下來，這才稍微動起腰間。直紀的視線緩緩晃動起來，才覺得意識好像要飄遠了，忽然間被摸起尾巴的根部。這個瞬間，腹部的深處沁出一陣歡愉的痛楚，雙唇間不禁迸發出嬌喘。不斷收縮的地方絞緊著重倉在體內的分身，讓他倒抽一口氣。

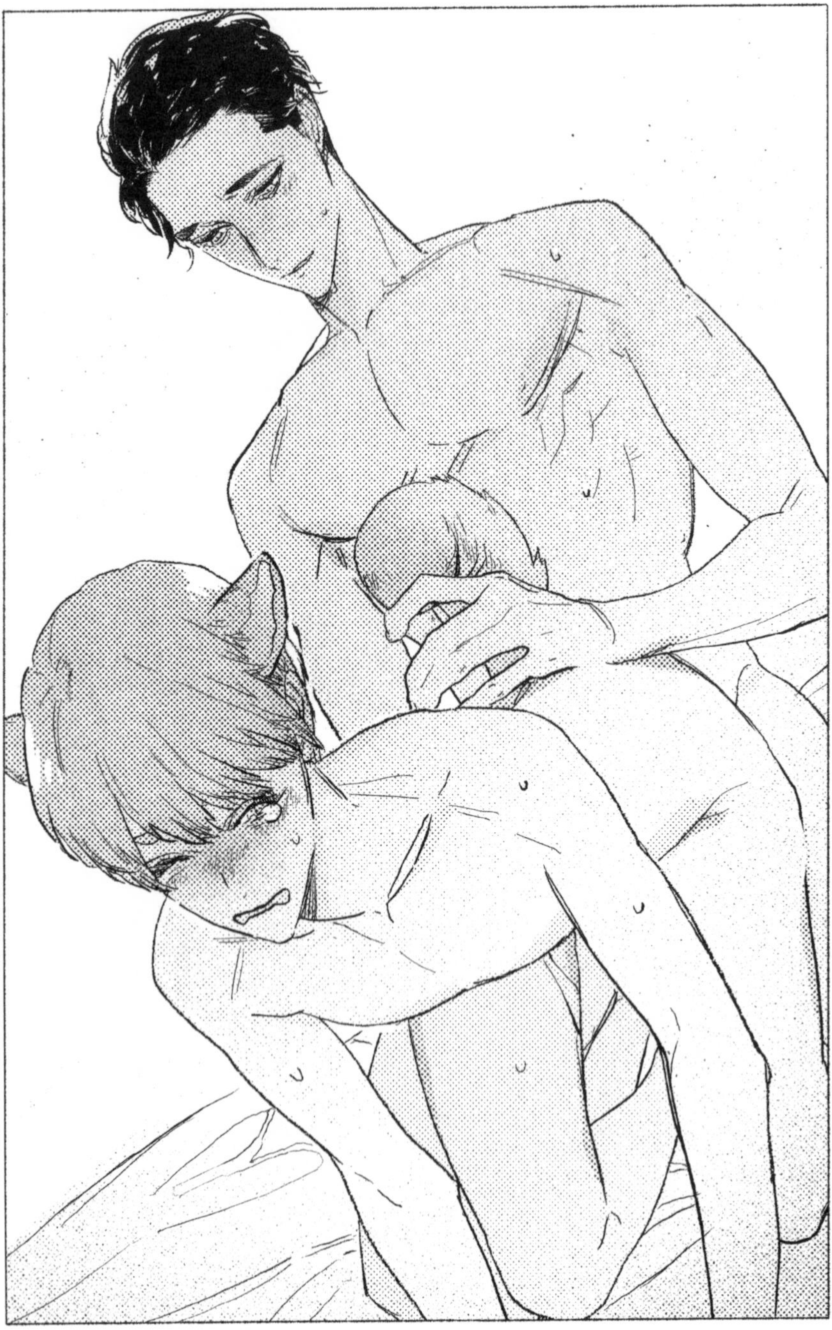

「呼……！你果然……喜歡這裡嗎？」

「不、不喜歡……！不要、摸那裡……！」

「是嗎？這裡讓你不舒服嗎……？」

重倉一邊摸著尾巴根部並擺動起腰間，直紀忍不住弓起背部。

只要刺激到根部，腰的深處就會竄過一道酥麻感，內壁也會痙攣似的緊緊包覆重倉。當重倉退開腰，緊密貼合在一起的黏膜會跟著摩擦過去，讓腰部以下都要融化了一般。

「咿、啊……！啊啊……！」

一旦往深處頂去，就會有一道電流沿著背脊竄起，讓直紀話不成聲。當他因為這樣太過強烈的快感害怕地顫抖起來時，重倉伸手撫摸那沁溼汗水的髮絲。

「……很難受嗎？要不要休息一下？」

緩緩轉過頭，就跟一臉擔心看過來的重倉對上雙眼。總覺得很久沒有這樣四目相交了，讓直紀發出一聲咽嗚。

「看不到重倉，感覺好可怕……」

重倉一臉像被突襲一般，為了掩飾表情低下頭，緩緩將分身退了出來。直紀渾身都已經使不上力，是靠著重倉的手替他翻過身子換成仰躺的姿勢。接著重倉立刻撲了上來，在臉頰落下親吻。

「這樣可以嗎？」

重倉在極近距離湊著臉看過來，讓他放心地點了點頭。直紀伸出手臂用臉頰蹭了蹭脖子，重倉不禁咬緊牙關。

「……我的理性也到極限了喔。」

放鬆咬牙的力道，重倉語帶苦笑地低喃，抱起直紀的腳。頂端才碰到那狹窄的地方，接著一點一點深深地埋了進來，讓直紀跟著揚起喘息。

「啊、啊啊、啊——……！」

跟一開始相比，插入的動作更加順暢，甚至突然間就沒入到深處。接著立刻隨動作擺動起來，直紀只能拚命攀著重倉的脖子。

「啊！呼……！啊嗯……！」

雖然不會再刺激到尾巴根部，但隨著動作摩擦到在彼此腹部之間挺立的硬物，還是讓直紀感到很舒服。隨著變得柔軟的內壁被貫穿，緩緩被推上巔峰的感覺讓他不禁彎起腳背。

這時忽然有水珠滴落在直紀的臉頰上，他茫然抬眼一看，只見下巴掛著汗珠的重倉正看著自己。那是宛如要將他吞食入腹般的眼神。儘管就跟野獸一樣，直紀卻不覺得害怕。那道渴求的視線刺激著肌膚，讓他仰起脖子展露無疑。

重倉被牽引著壓上身子，親吻直紀的喉頭。喘息撒在脖子上，比起視線更能感受到重倉有多麼興奮。

「啊、啊啊……！嗯嗯……！」

每當一個搖擺腰際的動作，床就會跟著發出吱嘎聲，重倉的呼息也化為粗喘。帶著硬度翹曲的昂挺一旦從蕩漾的內側頂上，直紀便為之屏息。痛苦的感覺早就不知道被拋去哪裡了，每當頂端敲探深處就會不禁發出甜美的嬌喘。

在一聲聲喘吟之間也一再喊著重倉的名字。抱過他那精壯的脖子，撫摸汗溼的髮絲，在他脖子後頭留下爪痕。即使如此還是不夠的感覺，話不成聲地傾訴「喜歡你」，讓重倉的背脊竄上一道震顫。

重倉猛地抬起臉來，立刻像要咬住直紀的嘴唇一般吻了上去。

「我才更喜歡你……！」

重倉用壓抑的聲音這麼一喊，就將直紀整個身體往上頂去。接著更握住他的硬物，讓直紀不禁發出哀號。

「啊！啊啊、啊！不要……！」

被深刻頂著並隨之搖擺，直紀不禁被強烈的歡愉給吞噬。晃動的視野連重倉的臉也看不太清楚。粗喘的呼息掠過耳邊，他的臉埋進頸窩間。當呼息撒在喉頭上時，直紀下意識往後仰去。這種難耐的感覺幾乎要讓人無法呼吸。

當直紀被撞進格外深入的地方，幾乎是與此同時，重倉輕咬上他的喉頭。

「啊啊、啊——……！」

痛楚與快感全都夾雜在一起，讓直紀渾身發顫。這番衝擊太過強烈，他甚至沒有立刻察覺已經在重倉的手中解放了。重倉也沉沉屏住氣，緩緩將分身退出直紀的身體。沒隔多久，炙熱的白沫飛濺到腹部上頭。

重倉再次倒在直紀身上，好一段時間，室內都只迴響著彼此的喘息而已。從汗溼的肌膚悠悠傳來的體溫感覺很舒服。直紀已經無法睜開眼睛，甚至連環抱重倉脖子的力道都沒有，只能將手腳癱在床上。

當重倉在處理善後的期間，直紀也只能無力地陷在床上動彈不得。意識還時不時飄遠，感覺隨時都會就此踏入夢鄉。

重倉整理完所有東西之後，先是躊躇一下，才跟著鑽進被窩。直紀雖然微微張著雙眼，但就連聲音也發不出來，又很快地閉上了眼瞼。

重倉伸出手臂，悄悄將直紀抱過來。他似乎認為直紀睡著了。擔心吵醒他小心翼翼地抱進懷裡之後，便淺淺嘆一口氣。

「……本來是想溫柔一點的……」

一邊摸著直紀的後腦勺，重倉語帶懊悔地說。

直紀雖然努力想睜開眼睛，但眼瞼就是不聽使喚。儘管心裡想著至少再更貼近重倉的身體也好，卻不知道身體究竟有沒有實際做出動作。在半睡半醒間，嘴角揚起一抹苦笑。

（……別擔心，你是這麼溫柔……）

重倉的手還是很擔心地撫摸著直紀的頭髮及背部。

一直到直紀睡著那個瞬間，溫柔的手都不曾離開。

五月也即將結束的星期六。雖然是假日，手機鬧鐘卻還是跟平日一樣的時間響起。因此轉醒的直紀環視一圈只有自己的室內，再次鑽進被窩裡。

（對了。小粽還在的時候，六日都會早起前往各處的神社巡禮。）

完全忘記要將鬧鐘的設定調回來了。

正當直紀要就此睡起回籠覺時，連忙趕緊坐起身子。小粽雖然不在了，但今天有要外出的計畫。

自從小粽回到原本的世界，已經過了一星期。在那之後，不但沒再見過小粽的身影，也沒再聽見祂的聲音。

順帶一提，直紀長出來的狗耳朵跟尾巴到隔天早上就全不見蹤影。既然術法自然解除，應該代表小粽已經順利回到原本的世界了吧。

比平日更悠哉地吃完早餐之後，直紀做了一番打理後在中午前出門。走往車站的途中會經過古浦神社。今天正要走經那荒廢的神社前方時，直紀看到好幾位男性站在神社前方，便停下腳步。

那幾位男性全都穿著工作服。彼此靠在一起討論著某些事情，可能是談到一個段落，他們一群人朝這邊走過來。直紀畏畏縮縮地向其中一個人問道：

「那個，不好意思……請問這間神社是要拆除了嗎……？」

突然被搭話的男子先是愣了愣，接著說「不不不」並搖了搖頭。

「不是要拆除，而是要進行修繕工程。這裡一直以來好像是由住在附近的神主[3]一家代代相傳進行管理，卻因為後繼問題造成一段時間無人繼承。但是，現在好像會由上一代的孫子來接手的樣子。」

「也就是說，不會特別破壞掉什麼東西對吧？像是那個狛犬石像之類。」

3 日本神道及神社的祭司。

「咦？嗯，是啊。是這樣沒錯。」

直紀笑容滿面地道謝。獨留在神社的狛犬石像跟小粽很像，如果要被拆除的話總覺得很捨不得，因此鬆了一口氣。

腳步輕快離開神社的直紀搭上電車，在隔幾站的車站下車。隨著人群走向驗票口時，連找都不用找，立刻就能看見另一頭的重倉。

直紀下車的地方是距離重倉住的公寓最近的車站。穿著休閒服的重倉一看到直紀，就面無表情地稍微舉起手。

今天要在重倉推薦的店家稍微吃個午餐之後，到重倉家去玩。說穿了，就是約會。

直紀懷著開心又害臊的心情朝重倉揮手回應。

走出驗票口之後，兩人並肩走著一起前往吃飯的地方。途中，直紀抬頭看向走在身旁的重倉，而他也察覺這道視線般回望過來。依然是面無表情——但仔細一看，直紀發現他的雙眼正帶著笑意。

表情的變化雖然不多，但浮現在重倉臉上看起來全都令人心動。甚至讓直紀一想到至今不太敢跟他對上眼而錯過這樣的神情，就覺得很可惜。想從現在開始深深烙印在眼底，便一直注視重倉的側臉時，他卻害羞地撇開視線。

兩人沒有特別聊什麼，只是眼神相互嬉鬧著，抵達了有開放式露天席的咖啡廳。店內時尚氣氛又好，可以看見很多女性客人。直紀原本以為重倉會帶他去有販賣炸雞套餐那種大眾料理的食堂，因此感到有些意外。

就坐之後，直紀老實地這麼說，重倉便點頭應著「是啊」並翻開菜單。

「我平常是不會來這種店，但想真柴可能會喜歡。」

「咦？確實是不討厭啦。」

直紀也沒有說過喜歡，因此歪著頭感到費解，這時在菜單背後的重倉悄聲說：

「之前你跟那個銀髮男就是進到這種咖啡廳吧。」

「你說小粽嗎？這種氛圍的咖啡廳，小粽感覺確實會喜歡。」

小粽回去之後才過一個星期而已，就不禁懷念起那囂張的態度了。小粽如果來到這裡，應該會說著「還不賴嘛」並先點一份蛋糕再說。

不過這次來咖啡廳的目的是要吃午餐。向店員點好兩人份的午間套餐，直紀一邊收起菜單向重倉報告：

「這麼說來，古浦神社好像要進行修繕工程喔。」

「那個銀髮男消失的神社嗎？」

「嗯。畢竟那裡是我跟小粽相遇的地方，沒有要拆除真是太好了。」

重倉拿起裝了水的杯子，緩緩送到嘴邊。
「只要那間神社還在，那傢伙就能再來到這裡嗎？」
總覺得重倉說話的聲音變得更加低沉，直紀歪著頭說：
「不知道耶，應該是不會再到這裡來了吧？小粽也說上次是因為出差錯才會跑到這裡。而且就算祂要過來，應該也不是只能透過那間神社。」
「……是喔。」
這麼喃喃著，重倉喝了一口水。他突然不跟自己對上視線，直紀於是探出身子。
「重倉……難道你還想見到小粽嗎？」
「我為什麼要見他啊。」
立刻做出回應之後，重倉緊緊皺起眉頭。這真的是感到不高興的表情。
直紀向他問著「怎麼了嗎」，重倉便撇頭面向另一邊。
「……真柴，你才是想再見到那傢伙吧？」
「咦？嗯，是啊。如果還有機會的話……」
隨口回答之後，他又暗忖著「等等」並閉上嘴。
重倉這麼說，應該不單純只是字面上的意思吧。就連不太懂戀愛方面這種互動的直紀也有所察覺，在桌子底下輕輕踹了重倉的腳尖。

「難道你真的以為小粽是我的戀人？」

「……不，話也不是這樣說。」

姑且否認了，但還是說得含糊不清。仔細想想，會帶直紀來這種時尚的咖啡廳，說不定也是因為之前目睹直紀跟小粽從兔子喫茶館走出來的關係。大概是某種對抗意識吧。

會不會是吃醋了呢？一旦這麼想，直紀的嘴角就有些失守。無論怎麼硬撐，都壓制不住笑意。

大概是注意到直紀的表情，重倉板著一張臉，喝光杯中的水更咬碎了冰塊。

「我並不是想對於交往前的事情說三道四。」

「你對我這麼說也沒關係啊，聽了會很開心。」

重倉挑起單邊的眉毛，低聲說著「你啊」。

「不要隨便講出這種話。也不知道我這個人其實有多麼糾纏不休……明知你會怕我，即使如此這幾年來我還是無法死心喔。」

重倉語帶苦澀地這麼說，但就連這也只會讓直紀感到歡心而已。收斂起笑得越來越開的嘴角之後，重倉悄聲說了這種話。

「但我也不知道你是從什麼時候開始這樣看待我的就是了——」

這麼說來，雖然對重倉傳達喜歡的心意，卻沒將契機之類的事情一併說出來。重倉該不會以為直紀是直到最近才對他懷抱這樣的情愫吧。

再也壓抑不住笑意，直紀笑得都皺起了眼尾。

「是說……重倉之所以會喜歡上我，契機是那天晚上在辦公室給你泡麵跟布丁對吧？」

店內的桌席之間都隔著一定的距離。即使如此還是稍微壓低音量這麼問之後，重倉也探出身子。

「……是啊。隔了四年喔，很糾纏不休吧。」

「嗯，不過，我應該也是滿不死心的喔。」

直紀像在說悄悄話似的，伸手遮住嘴邊。

「我啊，自從那天重倉離開公司之前，到我的座位來說上一句『謝謝』的時候，就一直很在意你了。」

傾耳聽著直紀這麼說，重倉抖了一下肩頭。

見到他面無表情地看了過來，直紀悄聲笑道：

「說不定是我先喜歡上你的呢。」

重倉注視直紀的表情還是沒變。曾幾何時那樣暴露出他內心想法的狗耳朵及尾巴，現在也不復存在了。

即使如此，直紀還是開懷地笑了。畢竟重倉就連眉毛都沒有任何起伏，臉卻明顯地越來越紅。

直紀用滿面笑容對他板著一張臉，情意卻表露無遺的戀人悄聲地說「我從那時就很喜歡你了喔」。

——全書完

AFTERWORD

後記

大家好，我是家裡的尺不見了，以至於無法工作的海野。

寫作時基本上都是用電腦，唯獨在進行校對這種最終確認的工作時是用手寫的方式。每個人的習慣不同，有些人可能不會用到尺，但對我來說要畫出標示修改處的箭頭時，就一定會用到。自己畫的線都會變得歪七扭八，有時還會連不到目的地。

然而長大之後用到尺的機會少之又少，現在自己家裡也只有一把尺而已。因為那把唯一的尺失蹤了，我遲遲無法著手進行校對工作，於是就像這樣跑來寫後記了。

雖然完全不記得我把尺收去哪裡，但應該就放在工作用的桌子當中，於是翻遍抽屜裡的東西，卻只看到一堆原子筆的替換筆芯。究竟為什麼會出現這樣成山的替換筆芯啊，這讓我不禁感到慄然。

而且還順便找到裡面放了一張五千圓鈔票的信封，毫無頭緒的我仔細一看，還附著一張字跡看來是媽媽寫著「恢復精神之後去吃點好吃的東西」的小卡片。這雖然讓我樂不可支，卻完全回想不起來到底是什麼時候收到的。

大概就跟過冬前的松鼠一樣，因為很珍惜而收得太好結果就忘了有這麼一回事。大概是感冒之類的時候給我的吧。我懷著暖暖的心情，再次將信封收進抽屜裡（然後又忘記）。

閒話休提，這是我第一次在ショコラ文庫出版作品！[4]各位初次見面的讀者，還請多多指教。

這次是從「超深情的臭臉攻要是長了耳朵想必很可愛！」這樣的發想展開的故事。一如當初所策畫，讓板著一張臉的攻長出耳朵跟尾巴來，讓我相當滿足。

插圖是由ｙｏｃｏ老師所負責！之前我就一直很期盼哪天有機會可以跟老師合作，實在是感激不盡……！直紀超可愛，重倉也非常帥氣，光是看到草稿就讓我忍不住笑開懷。非常感謝老師畫了如此美麗的插圖！

最後，感謝每一位購買了這本書的讀者，真的非常謝謝各位的支持。第一次在ショコラ文庫出版作品讓我覺得相當緊張，還希望各位可以看得開心。

那麼，希望還有機會能與各位讀者見面。

海野　幸

（P.S.）尺順利找到了。它緊緊貼在抽屜內側的板子上。

4　此為日本當地原書資訊。

高寶書版集團
gobooks.com.tw

CRS018
戀愛狗狗的行為圖鑑
恋する犬のしぐさ図鑑

作　　者　海野幸
繪　　者　yoco
譯　　者　黛西
編　　輯　薛怡冠
美術編輯　林鈞儀
版　　權　張莎凌
企　　劃　方慧娟
排　　版　彭立瑋

發 行 人　朱凱蕾
出　　版　朧月書版股份有限公司
　　　　　Hazy Moon Publishing Co., Ltd.
地　　址　臺北市內湖區洲子街 88 號 3 樓
網　　址　www.gobooks.com.tw
電　　話　(02) 27992788
電　　郵　readers@gobooks.com.tw（讀者服務部）
傳　　真　出版部　(02) 27990909　行銷部 (02) 27993088
郵政劃撥　19394552
戶　　名　英屬維京群島商高寶國際有限公司臺灣分公司
發　　行　英屬維京群島商高寶國際有限公司臺灣分公司
初版日期　2022 年 11 月

國家圖書館出版品預行編目 (CIP) 資料

戀愛狗狗的行為圖鑑 / 海野幸著；黛西譯 . -- 初版 . --
臺北市：朧月書版股份有限公司出版：英屬維京群島
商高寶國際有限公司台灣分公司發行，2022.11
　面；　公分 . --

譯自：恋する犬のしぐさ図鑑

ISBN 978-626-7201-07-7(平裝)

861.57　　　　　　111014906